文学館縁起

鎌倉の文学者たちによせて

倉和男

かまくら春秋社

文学館縁起　目　次

倉さんとの「縁起」

辻原　登
（作家・神奈川近代文学館館長）

淡々とした人柄だった。

私が倉さんと巡り会ったのは、私が神奈川近代文学館の仕事に関わってからで、それは二〇一一年の初夏の頃だ。つまり友誼の期間は十一年間で、これは余りにも短か過ぎる。

訃報に接したのは、これからもっと頻繁に会って、酒を酌み交わしたい、教えてもらいたいことが山ほどもある、と思っていた矢先のことだ。

巡り会った、と書いたのは、ただ出会ったということではないからだ。一つの場所がある。そこを出発して、AとBは反対方向に出発する。やがて遥かな時空を通って、AとBは思いがけず別の場所で出会う。そういう意味で、私と倉さんは巡り会った。しかし、そうは言いながら、面白いのは、倉さんと私は正真正銘、初対面だったのである。

倉さんと私は、紀伊半島の海沿いの小さな町、印南《いなみ》の出身である。同じ海と川と山と風と光を一身に浴びて育った。しかし六歳の違いで、互いにその存在を知ることなく、郷里を出た。

もし、〝文学館〟という存在がなかったら私達は巡り会うことはなかっただろう。

かく言う私は、かつて〝文学館運動〟という言葉に微かな違和を覚えていた。それは、もともと〝文学運動〟というものに反発と反感を抱いたことと繋がるのだが、随分あとになって、二つは似て非なるものだと気付いた。文学館運動とは、文学館を創造しようとする行為の全体を表す。文学運動は何も創造しない。

一九六七年開館の駒場の日本近代文学館から一九八四年の神奈川近代文学館へ、さらにそこから燎原の火のように拡がって行った全国各地の文学館創立。

それはどのような時代背景と思想のもとに可能だったのか。倉さんがこの本で採用したのは、文学館運動の草創からおよそ現在に至る歴史、いや歴史ではなく、ニーチェ流のアプローチ、系譜学的方法である。言わば歴史の絨毯の中にひそめられた横糸を明らかにする。

歴史は裁くが、系譜学は裁かない。裁かない倉さんの淡々とした叙述はかえって凛としている。だからこそ、この『縁起』は、新たな時代に入った文学館が抱える問題、いや私達の文化そのものと通底して、貴重な知恵を齎《もたら》すものとなるのだ。

装丁　中村　聡

文学館縁起

——鎌倉の文学者たちによせて

本編のⅠ～Ⅳは、会報「鎌倉ペンクラブ」の第８号（二〇一八年）より第22号（二〇二一年）に掲載された。

Ⅰ　日本近代文学館草創期

1　文学館運動の始まり

北鎌倉駅を円覚寺側に降りて、大船方面へ線路沿いに洞門山脇を六、七分歩き、権兵衛踏切の横を右に少し入った所に、高見順氏の家があった。一九六二（昭和三十七）年、この道を通り、二人の研究者が、文学館構想を抱いて、その門扉をくぐった。

『続高見順日記』によれば、一月三十一日に「小田切進氏来る。夕方まで雑談」とあり、秋子夫人が「このときの雑談が、のちに『日本近代文学館』として発足するきっかけとなった」と注記している。続いて二月十三日に「伊藤君来り、図書館設立について相談。世話人になってほしいという」とあり、その場ですぐ知人に電話し、土地の寄付を交渉している。高見氏の決断・行動の起点であった。

伊藤氏とは、伊藤成彦氏のこと。鎌倉在住で、小田切秀雄氏の許に集う弟の進、西田勝、和泉あき（のち鎌倉在住）氏らとの会・日本近代文学研究所の仲間であった。戦後いち早く稀少雑誌「種蒔く人」「驢馬」等を復刻して注目され、さらにプロレタリア文学図書館建設の計画を抱いていた同会は、この構想の実現に、『昭和文学盛衰史』の著者で、戦前のプロレタリア文学とも関係が深かった高見氏に相談することにしたという。

伊藤氏は「東大新聞」編集の学生時代からよく高見氏を訪ねていて、気安く相談に乗ってもらえると思ったと、『追悼・大久保乙彦』という文集に書いている。西田勝氏も館報「日本近代文学館」二〇〇二（平成十四）年十一月号掲載の「日本近代文学館誕生の『神話』と真実」で、鎌倉の伊藤氏に托したと書き、淵源は自分たちの構想にあったと明記している。

文学館運動のルーツについては、一般に六一（昭和三十六）年秋に立教大学で開かれた「現代文学・芸術雑誌展」で、散逸する文芸雑誌や文学資料の現状を訴えたことにあるとされてきた。これは小田切進氏が学生たちを主導し、大正・昭和の主要雑誌百五十二誌を展観した催しで、高見氏ら五十人以上が所蔵雑誌を出品している。

いやもっと早く早稲田の古書店での同人雑誌展があるとの説もあって、二〇〇二（平成十四）年の文学館創立四十周年座談会で話題になったが、西田氏の文はそれに対する反論でもあった。文学館運動の中核の一人であった稲垣達郎氏の熱意と、その門下である紅野敏郎、竹盛天雄、保昌正夫氏（小田切進氏もそうだが）ら、早大系研究者の献身を思うと、理想を抱いた人々の源流として無視できないが、稲垣氏が立教展のパンフで、「この時代の文芸雑誌の総合展はこれまでになかった」とも書いている。つまるところ、この展示と、その前の具体的行動を起こした研究所の人たちに、その淵源があったとみてよいと思う。

昨年（二〇一二）秋に、駒場の日本近代文学館で、創立五十周年・開館四十五周年記念の展示「文学館活動の拠点を築く」が開催され、併行して館報でも、公式記録に基づく文学館略史を連載中だが、ここでもそう記録されている。

その後、運動の急速な広がりの中で、六三（昭和三十八）年秋に伊勢丹で開かれた、文学史にも残る初の「近代文学史展」を終えたあたりから、西田、伊藤氏たちは初志を貫いて退いていくが、最初期の伊藤氏の存在は大きかった。『続高見順日記』では六四（昭和三十九）年の十二月になっても「伊藤成彦君、近代文学館に戻ってくれないか」「基礎を作るとき、君は実に献身的に働いてくれた」と惜しんでいる記述がある。私は何度か、小田切氏が仲間たちと論争している電話を耳にしており、今も辛い思いを禁じ得ない。膨らみ広がっていく文学館運動の勢いと、純粋な理想実現の思いとのせめぎ合いのなかで文学館は生まれたし、高見氏はその狭間で悩み続けたのだと思っている。

さて、もう一人、先に記した大久保乙彦氏も鎌倉育ちで、学生時代からの伊藤氏の友人だった。土岐善麿館長時代の日比谷図書館に入り、将来を嘱望されていた図書館人を、専門の指導者として文学館に誘ったのは伊藤成彦氏だった。日比谷在職のまま図書館委員にもなり、国会図書館の助言を得ての日本近代文学館分類法の作成をはじめ、資料の整理全般にわたって尽力した。私たち若い職員は、六三（昭和三十八）年秋から国会図書館支部上野図書館を借りて準備中の「日本近代文学館文庫」に居て、翌年五月、直接の上司として彼を迎えた。六七（昭和四十二）年四月に駒場の本館が開館、その後八二（昭和五十七）年から事務局長を務め、定年退職後の理事就任中、八九（平成元）年十一月に交通事故で急逝した。私たち事務局側としては、その代表的な逸材として鎌倉出身の大久保氏を忘れることができない。

二人に即して言えばこんなこともあった。六三（昭和三十八）年に逗子在住の本多秋五氏が、高見氏を案内して稲村ヶ崎の有島生馬氏を訪ねたことを「有島邸訪問記」として館報に書いているが、伊藤成彦氏と日比谷在籍のままの大久保氏も同行した。後に『有島武郎滞欧画帖』（複刻版）を作る契機となり、娘の暁子さんとの面識をも得るエピソードである。因みに鎌倉ペンクラブ会員で上智大学名誉教授磯見辰典氏が大久保氏の幼馴染みで追悼文も書いていたことを、後で知った。

＊

「日本にはまだ近代文学の関係資料を保存する専門図書館がありません」で始まる「日本近代文学館設立の趣意」では、近代文学資料の惨憺たる状況、散逸の危機への憂慮を訴えて、文壇・学会が協力し、手稿・文献・図書・定期刊行物・遺品などを広く蒐集保存できる文学館を設立し、日本文学・文化の研究と継承に資することを呼びかけた。高見氏らは日本文芸家協会、日本ペンクラブの理事会で正式に応援を求め、文壇・学会の有志二十三名の呼びかけから、遂に設立発起人は二百四十三名になった。

その中で、鎌倉ゆかりの文学者を挙げれば、六三（昭和三十八）年四月の財団法人発足時の初代理事長高見氏をはじめ、監事の大佛次郎、川端康成、常務理事の中村光夫、理事の今日出海、評議員の伊藤成彦、大岡昇平氏らや、有島生馬、久保田万太郎、小島政二郎、小林秀雄、小牧近江、里見弴、中山義秀、土方定一、広津和郎、少し広げて本多秋五、三島由紀夫氏らがいる。それぞれどういうスタンスで参画したかを考えると興味がつきない。川端氏や中村氏の熱意も際立っていたと思う。

昭和初期以来「鎌倉文士」と呼ばれ、最初の鎌倉ペンクラブを作り、戦中戦後には鎌倉文庫を運営し、高見氏らは鎌倉アカデミアにも寄与したが、この人々が現役で文学館に参画した時代だったのである。高見氏や川端氏には、その頃から続く熱い思いが、近代文学館の設立に繋がっているのではないかと思われる。

高見氏はライフワークである長編小説『いやな感じ』『激流』やその他の文筆活動に追われながら、文学二団体やその他の「俗務」とともに文学館運動に邁進。土地・建物探索、寄付金募集、資料寄贈の呼びかけや展覧会、講演会に至るまで阿修羅の如くに働いた。高見氏が最も頼りにしたのは、実務的機関車役としての小田切進氏であったが、精神的には、『日本文壇史』執筆で資料収集の辛酸を嘗め、作家・詩人としても共通する同時代人として、肝胆相照らす伊藤整氏であったようで、最初から多くの行動を共にしている。伊藤氏は二代目理事長となった。

学者としては小田切氏や紅野氏の師である稲垣氏をより尊重していたと思われる。

そして息つく暇もなく、「近代文学史展」の成功を境に、食道癌による壮絶な闘病生活に入っていく。その状況は『続高見順日記』に詳しいが、詩集『死の淵より』とともに、今回読み返してみて、私たちが編集者や学生たちと輸血に通った日々を思い出すとともに、文学館運動の草創期の激流と重なって、胸の詰まる思いを禁じ得なかった。

高見氏は四度の入院の繰返しの中で、絶えず文学館運動の動向を心配していた。六四（昭和三十九）年十一月、上野の国立博物館で開催の「日本近代文学館文庫」開設記念式には、病を押して出席したが、翌年八月十六日の駒場での日本近代文学館建設起工式には、参加希望かなわず、遂に翌十七日逝去された。

＊

私は、小田切氏の文芸雑誌細目調査を学生の頃に手伝った縁で、文学館運動の草創期から関わり、最初は基金づくりの文芸家色紙展、近代文学史展、出版社への寄贈依頼、文庫の準備作業などに携わった。その後、館報編集や研究資料叢書の刊行、雑誌の複刻版、名著複刻全集の刊行など、主に編集室担当を経て、姉妹館といわれた県立神奈川近代文学館（財）神奈川文学振興会）に異動して、この草創期にも関わった。

そんな関係から、かねて鎌倉文学館を含めた三館と、鎌倉の文学者の相関を記したいと思っていた。前者二館はそれぞれ二十年ほどの在籍があるが、鎌倉文学館には二十周年展前後の在籍なので、いささか心もとない。鎌倉ペンクラブの会員で郷土史家の清田昌弘氏が「鎌倉文学館事始め」(『鎌倉今昔抄六〇話』所収)で面白い逸話などを書かれていて、神奈川近代文学館の成立とも関わるので、いずれ参考にさせていただきたい。神奈川・鎌倉両文学館は、次第に現在の第二次鎌倉ペンクラブとも重なってくることになる。

2 作家たちの献身——高見順と川端康成

日本近代文学館のある目黒区駒場の敷地は、旧前田侯爵邸がある国有地で、東京都が管理していた。鎌倉文学館が前田家別邸であったから、何かと縁がある。高見順氏を理事長とする文学館の粘り強い交渉があって、国や東京都が協力し、難航した土地問題は解決した。ここに文学館を建設し、前田邸の洋館は東京都近代文学博物館になった。広い敷地全体は駒場公園として整備された。開館は一九六七(昭和四十二)年四月だが、竣工は前年九月で、十一月には竣工記念の「トルストイ展」が、駒場の二つの館を会場に開催された。朝日新聞社との共催で、ソ連からの出品を得た大がかりな展観だった。高齢の志賀直哉、武者小路実篤氏らが参観に来て話題になった。

1955（昭和 30）年 4 月（川端邸にて：左・川端康成　右・高見順）

写真提供：日本近代文学館

実はこの展覧会直前の九月に、没後展の「高見順展」が開かれていた。会場は、あの画期的な「近代文学史展」をやった伊勢丹で、共催は毎日新聞社。この展示の冒頭に掲げられた川端康成氏の「高見順」には、「一周忌を過ぎたばかりの時、近代文学館の竣工開館が近づいた時に催される、高見順の展覧会は、追慕、回顧よりも、なほ高見の生存を多く語るかのやうに思へる。近代文学館は建設されても、これが出発である。高見は長編『いやな感じ』、詩集『死の淵より』などにおいて、到達に高まつたが、これが出発を感じさせる。／作家は常に出発が到達であり、一つの到達が一つの出発であらねばならぬが、高見が死を前にした、終りの到達ほど、新な出発を孕んだ

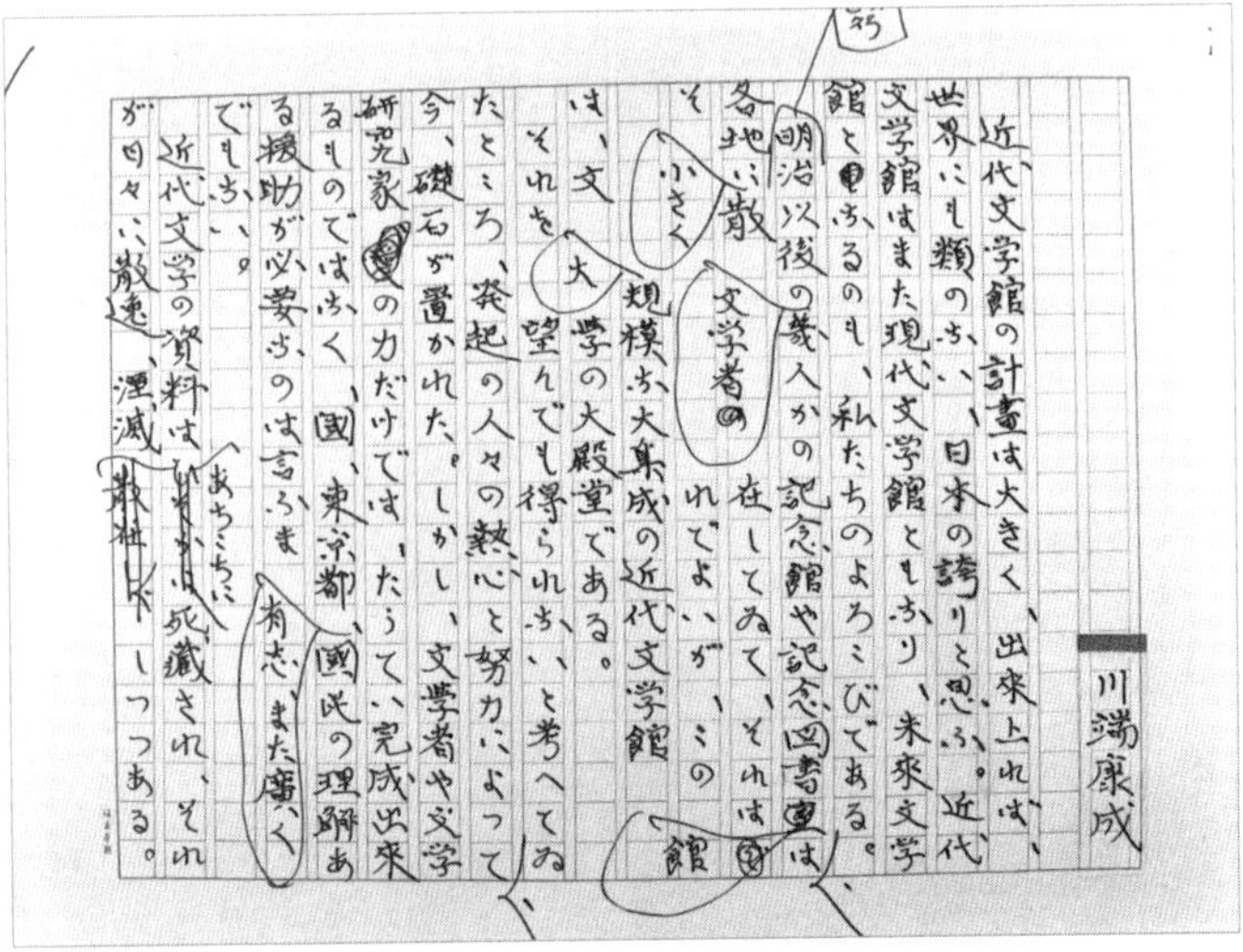

川端康成
近代文学館の計畫は大きく、出來上れば、
世界にも類のない、日本の誇りと思ふ。近代
文学館はまた現代文学館ともなり、未來文学
館と申せるのも、私たちのよろこびである。
明治以後の文学者の蔵入かの記念館や記念図書室は、
各地に散在してゐて、それは館
それでよいが、この小さく
規模な大集成の近代文学館
は、文学の大殿堂である。
それを大望んでも得られない、と考へてゐ
たところ、発起の人々の熱心と努力によって
今、礎石が置かれた。しかし、文学者や文学
研究家の力だけでは、たうてい完成出來
るものではなく、国、東京都、国民の理解あ
る援助が必要なのは言ふまでもない。
有志、また廣く
近代文学の資料は、あちこちに死藏され、それ
が日々に散逸、湮滅しつつある。

川端康成「日本の誇り」原稿　　写真提供：日本近代文学館

到達は、稀であった」と書き、「高見順はその生の終りに、異常な傑作を成した、精神の高揚と燃焼によって、命を充実させたが、それは、近代文学館の設立を推進した、献身の行動にも現れて、世を感動させた」とも記した。（本誌の70頁に写真を掲載）

文学館の草創期にあって鎌倉ゆかりのこの二人の作家は深く繋がっている。前に記した六二（昭和三十七）年に戻るが、小田切進氏や伊藤成彦氏が高見家を訪ねた後、高見氏が先ず相談したのは川端氏と伊藤整氏だったようである。「群像」七〇（昭和四十五）年二月の小田切進「文学館の伊藤さん」によれば、六二（昭和三十七）年三月下旬に「近代文学図書館設立準備会」発足の〈小さな集まり〉があったとある。そのとき伊藤整氏が「僕は

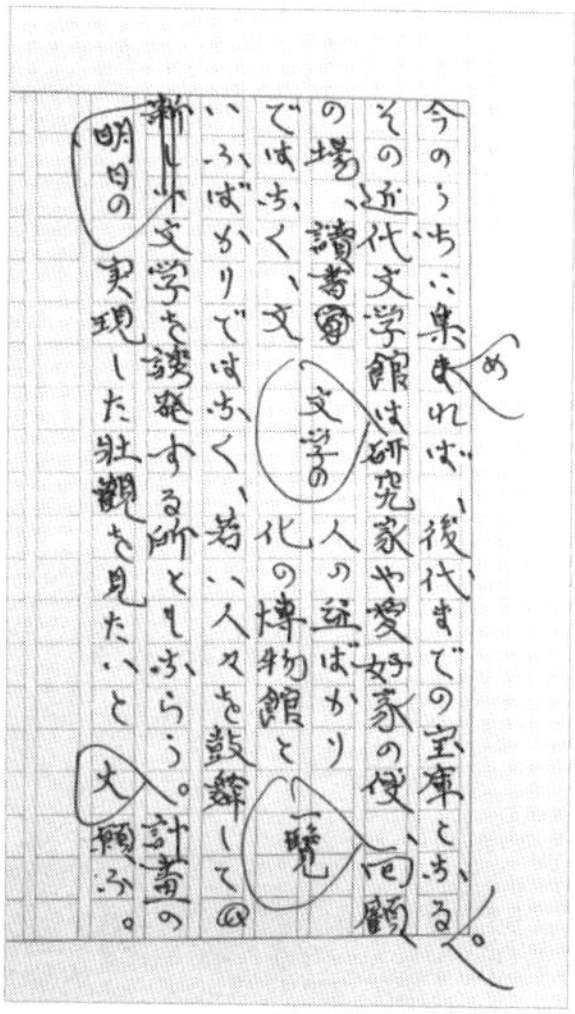
今のうちに集めれば、後代までの宝庫となる。
その近代文学館は研究家や愛好家の便、回顧
の場、讀書室 人の証ばかり
ではなく、文 文学の 化の博物館と 一覧
いふばかりではなく、若い人々を鼓舞して
新しい文学を誘発する所ともならう。計畫の
明日の 実現した壮観を見たいと 大 願ふ。

高見君とちがって一高―東大ではないから、資金づくりはできませんよ。でもいい仕事だし、必要なことだと思いますからお手伝いぐらいなら、してもいいですよ」というと、高見氏が、「いやあ、僕だって金集めなんか出来ませんよ。ただペン・クラブの世界大会の時、川端さんのお手伝いを少ししたくらいだもの。この仕事ももう川端さんにはちょっと相談しておきました」と答えている。一月訪問の時、高見氏が、「文芸家協会とペン・クラブの理事の人たち」「あわせて川端さん、伊藤君、舟橋（聖一）さん、佐佐木（茂索）さん、今（日出海）さんの意見を聞いて進めよう」と決意を示したとも記している。この三月の話は『続高見順日記』にはなく、四月十七日に「伊藤整君、稲垣達郎君、小田切進君、西田勝君と図書館の相談。（協会から伊藤整、学会から稲垣達郎に出てもらった形）」とある。後に小田切氏が「いわゆる〈文学館運動〉を起こしたのは、昭和三十七年四月である」とも書いているので、話は符合する。五月には早くも設立準備会が開かれた。

川端氏と文学館に即していえば、六三（昭和三十八）年、発足した財団法人日本近代文学館の監事に就任、併せて進めていた近代文学博物館委員長や、佐佐木茂索氏没後の募金委員長の

後任も務めた。六三（昭和三十八）年発行の文学館の『設立の趣意』では「日本の誇り」と題して、「近代文学館の計画は大きく、出来上れば、世界にも類のない、日本の誇りと思ふ。近代文学館はまた現代文学館ともなり、未来文学館となるのも、私たちのよろこびである」で始まる名文を書き、以後事あるごとに関係者から引用されるようになった。日本ペンクラブ会長を辞したのが六五（昭和四十）年、ノーベル文学賞受賞が六八（昭和四十三）年。受賞記念の「川端康成展」が、翌六九（昭和四十四）年四月から、毎日新聞社主催で東京・大阪・福岡・名古屋で開催された。没年の七二（昭和四十七）年九月から翌年四月にかけて、日本近代文学館主催の「川端康成展」が全国十二都市の百貨店で開催、入場料の寄付金一千万円によって、展示ホール内に川端康成記念室が開設され、現在に至っている。

*

一九七二（昭和四十七）年九月の「川端康成展」図録年譜には、同年の項に、「四月十六日夜、仕事部屋にしていた逗子マリーナマンションの自室でガス自殺。享年七十二歳。十八日、自宅で密葬。五月二十七日、東京青山葬儀所で、日本ペンクラブ・日本文芸家協会・日本近代文学館による三団体葬（葬儀委員長・芹沢光治良）を行なった。六月三日、鎌倉霊園に埋葬」とある。日本のノーベル賞作家自死の衝撃はたちまち大きなニュースとなったが、私たち文学館関係者をも打ちのめした。六五（昭和四十）年に高見順氏、六九（昭和四十四）年に伊藤整氏、七一（昭和四十六）年に塩田良平氏と理事長が相次いで死去し、小田切進理事長のとき、名誉職は固辞するという川端氏が自説を曲げて、名誉館長に就任し、半年も経たない時期だった。

この頃の回想から、元同僚の川島かほるさんに連絡したら、数日後古い写真と雑誌「樹木」が送られてきた。川端氏と高見順夫人の秋子さんがソファで談笑している一枚の裏には、「七二年一月一六日／於逗子マリーナ」のメモがあった。文学館関係者と、テーブルでコーヒーを飲む姿もある。確かめたのは、まさにこの日時のことだったので、記憶の空白がこれで埋められた。

つまり逝去の三か月前に、私たちはその逗子マリーナに招待されていた。高見夫人や稲垣達郎・小田切進氏ら学者と、事務局職員らの十人余りである。川端氏はご機嫌がよく、一階の土産物売場から金紙に包んだチョコレートのレイをとって、女性職員たちの頸にかけてあげたり、仕事部屋へも案内してくれた。高見夫人の発案で実現したのだが、私たち現場職員たちの労をねぎらい、励ましてくれる心遣いが有難かった。高見家には慣れている職員たちも、川端家へ揃って招ばれるのはこれが最初で最後だった。直後の死の事件と重なって忘れられない記憶である。

私も鎌倉・長谷の自宅にも伺ったり、車でお供などもしたが、必要最少限のことしか語られない川端氏のあの眼は優しかった。記念室が出来て、展示用の大きな肖像写真パネルを飾った時、その眼がぎょろりと人の動く方向へついてきて怖い思いをしたが、あれは今でも誰もが畏怖する眼だが、それとは好対照の優しさだったと記憶している。

二〇一三（平成二十五）年の春、その記念室では「川端と鎌倉」展が開かれた。鎌倉文学館では川端康成記念会の講演会があり、川端康成邸庭園の初公開ということもあった。

＊

先に川島さんが送ってくれた「樹木」は、高見順文学振興会が高見順賞に因んで発行する年刊誌で、二〇〇一（平成十三）年三月発行の十九号「追悼・高間秋子前理事長」特集号である。高見順の本名は高間芳雄、夫人は秋子だが、一時期高見晶子という筆名を使ったこともある。一九七〇（昭和四十五）年に夫人が高見氏の遺志を汲んで、中村真一郎氏や平野謙氏、思潮社の小田久郎氏らに相談し、優れた詩集に贈呈する高見順賞を創設した。経緯については、本題からそれるので省略するが、この賞の母体として作られた高見順文学振興会は鎌倉・山ノ内の高見家に置かれ、夫人没後は日本近代文学館内に事務局を移した。中村氏や平野氏らは選考委員には加わらず、寺田透氏を中心に、鮎川信夫、清岡卓行、大岡信、谷川俊太郎氏らの詩人に託された。第一回の受賞は、三木卓『わがキディ・ランド』と吉増剛造『黄金詩篇』だった。手作りの賞状には川端氏の筆跡が刷りこまれ、当初五十部程作成した。

この高見順賞も詩壇の定評ある賞として四十三回を重ね（二〇二〇〈令和二〉年、五十回で終了）、振興会の現理事長が吉増氏で、三月までは三木氏だったというから関係者も感無量であろう。三木氏に関しては、この第二次鎌倉ペンクラブの初代会長でもあり、神奈川近代文学館でも常務理事として関係が深いのでいずれ触れさせてもらうことにする。

最も初期の文学館の基本資料となったのが高見順文庫であった。文庫はまず雑誌千七百種二万五千冊、図書一万二千冊、特別資料四千七百点が数回にわたって寄贈され、その後も整理・寄贈の仕事を続行し、一部分は鎌倉文学館へも寄贈された。川島さんはその整理に高見家に通った職員の一人で、高見氏入院後は夫人の手助けもした。高見氏の細やかな心遣い、優しさ、秋子夫人の献身的な看病に胸を打たれ、以来傾倒したのだという。振興会で夫人の片腕となり、一貫して世話役を貫いてきたので、関係の詩人や編集者に尊重されてきた。高見夫妻の墓のある東慶寺の井上禅定師が夫人追悼文で、夫人が川島さんに没後の墓参を頼んでいて、川島家も近くに墓を用意したと書いている。川島さんもまた鎌倉ゆかりの文学関係者と呼んでもよいのではないかと思う。

文学館草創期の範囲を私は開館を挟んだ約十年間と考えているが、理想実現には様々な要素が絡んでいる。運動の中心となる文壇・学会の陣容はもとより、出版社・新聞社などの支援、土地・建物、寄付を基にした資金集め。そして何よりも基本となる資料蒐集と整理。普及活動としての展覧会や講演会の開催など。これらを同時並行、輻輳しての実行だから、協力者も多数いる。

〈運動〉と小田切氏が言ったのは、そうしたことを総合しての表現だった。

これまでの話は、その端緒、一端である。

3 学会側からの文学館運動

これまで日本近代文学館の草創期を、鎌倉ゆかりの高見順、川端康成氏を中心に両氏の逝去後までを足早に触れてきた。そこで今回からは、約五十年前に文学者たちが無から起こし、従来の図書館のような公立ではなく、あくまで民間運動として文学館を立ち上げた当時の文化的熱気を、〈総合的に〉回想したい。

＊

高見、川端氏や伊藤整氏が、日本ペンクラブ、日本文芸家協会に図って文壇の運動を盛り上げた中核とすれば、学会側の中心には先ず稲垣達郎氏がいた。稲垣氏は早稲田大学の教授で、この後に出てくる小田切進氏や紅野敏郎氏の師にあたる。因みに稲垣氏の墓は鎌倉霊園にある。

さて当時の学会側はどうであったか。

稲垣氏は、「日本近代文学会会報」一九六二（昭和三十七）年八月・十二号の「近代文学史の学術資料について―日本近代文学館の出発―」の中で、戦後十年の雑誌を調査して「文学」

五五（昭和三十）年八月号に詳細を掲載した草部典一、紅野氏らの苦労を回想しながら、資料の「無政府的な」「仮処分」に対して、「適切な何らかの」、つまりは「専門図書館のたぐい」が必要だと説いて、文学館運動の出発に触れた。この雑誌の調査は、小田切氏が五五年頃から始めて、後に『現代日本文芸総覧』として刊行した、明治以後の文芸雑誌の〈細目〉調査とも重なる。また高見氏の『昭和文学盛衰史』や、伊藤氏の『日本文壇史』の調査の苦労とも交響しているわけである。当時すでに古い雑誌を創刊号から揃えて見られる図書館などが少なく、散逸が危惧されていた。このあたりに、文壇と学会が協力して文学館運動を起こす接点があったろうと、後に紅野氏も語っている。

稲垣氏は続いて、日本文学協会の機関誌「日本文学」六四（昭和三十九）年二月号「日本近代文学館について」の「一九五〇幾年だったか、協会が学術諸団体や学者の有志に呼びかけ、学術資料の保護について運動した。当時まさしく学術資料散逸の危機感があった」と始まる文章では、戦後の無秩序な資料の売却や裁断などという「肌寒い話が伝わっていたころ」で、明治文学の初版本を広く蒐集していた村上浜吉氏の村上文庫がアメリカへ渡ったことなどを例に引いて、「日本の文化財―学術資料の保護・散佚防止の急務を感じ、協会の呼びかけとなったわけだ。この運動が、事実、どの程度に所期の目的を達したかは、具体的なことはわからない。が、戦争が、日本の学術資料を、どのように危険にさらしているものであるかを、学者ないしは一般に、あらためて反省させる機会をつくったことはたしかである」と述べ、文学館運動へと話を進めている。そして「直接的には」立教大での「現代文学・芸術雑誌展」が始まりであると続けている。

つまり、文学館運動が始まるもっと前の五九（昭和三十四）年頃に、学会で文化遺産継承について呼びかけたことを指すのかと思われる。資料保存の掛け声は戦前・戦後に何度も起こっているが、この時期に学会が呼びかけ、「あらためて反省させる機会をつくった」という言葉には、直後に起こった文学館運動への「下地」という効果があったという自負も窺える。

日本文学協会は、日本文学・国語教育に関する研究を科学的に進める団体として、四六（昭和二十一）年に創立された。稲垣氏はその中心メンバーでもある。日本近代文学会は、近代文学に絞った全国組織で、五一（昭和二十六）年に、東京大系と早稲田大系の研究者によって創立された。東大系の成瀬正勝、吉田精一氏、早大系の稲垣氏らが中心にいた。五九（昭和三十四）年には、いわゆる大学戦後派に属する若い研究者たちの近代文学懇談会もできている。早大系の小田切、紅野、竹盛天雄（勇）、保昌正夫氏や東大系の三好行雄氏らがいた。ともに文学館の運動でも中心になった人々である。ほかに日本比較文学会や国語学系、児童文学系の団体などもある。高見氏に話を持ち込んだのは、法政大にいた評論家の小田切秀雄氏を軸にした日本近代文学研究所という小さなグループであった。このことは冒頭に書いた。

因みにこの時期の「國文學　解釈と教材の研究」六三（昭和三十八）年九月号掲載の「近代文学研究者名簿」には約三百名が掲載されている。東大系、早大系の順に出身者が多く、現職では、早大系が一番多い。都内の私立大学や全国の大学、高校に散っている模様がわかる。後に大学教授になった高校教諭も多い。これらの人々が、教職者となって文学館運動を普及し、支える裾野を形成していったことは十分に想像できる。建物完成までの文学館事業には、早稲田、立教、法政、東洋、日本女子、昭和女子ほかの大学から多くの学生たちも協力者として参加している。

＊

さてそこで、文学館運動を時系列的に俯瞰していきたい。今回は一九六三（昭和三十八）年の日本近代文学館文庫開設頃までの動きを中心に辿ることにする。

六二（昭和三十七）年五月に文壇・学会有志二十三名で設立準備会発足、七月に発起人百二十三名で各界に「設立趣意書」を送った。この呼びかけから半年ほどの間に、財団設立に必要な基金募集は、出版社の大口をはじめ個人に至る寄付が一千万円を越え、寄贈資料も出版十三社からの図書四万冊をはじめ遺族など所蔵家からの申し込みも進んだ。発起人は翌年には二百四十三名に達した。

六三（昭和三十八）年三月、申請していた財団法人が文部省から認可となり、四月、日本文芸家協会で創立総会を開いて発足した。役員は以下の人々である。

　理事長に高見順氏、常務理事に伊藤整、稲垣達郎、太田三郎、小田切進、木俣修、塩田良平、中村光夫、舟橋聖一、吉田精一氏の九名。理事に池島信平、大久保利謙、亀井勝一郎、河盛好蔵、小島吉雄、今日出海、瀬沼茂樹、中村真一郎、成瀬正勝、丹羽文雄、平野謙、福田清人、松本清張、村上元三氏の十四名。監事に大佛次郎、川端康成、久松潜一氏の三名。このうち鎌倉ゆかりは高見、中村光夫、今、大佛、川端氏と評議員の中の伊藤成彦、大岡昇平、堀田善衞、本多秋五氏ら。因みに今氏は、募金副委員長もやり、文学館開館直後の六八（昭和四十三）年に初代の文化庁長官を務めた。

　この理事会は、さらに諮問・調査・実行機関として総務、組織、財政、土地・建物、募金、図書、渉外、調査、企画、編集の十委員会を設置。各委員長に理事長・常務理事がなり、多数の文学者たちが配置された。この気宇壮大な組織編成が、当時の姿を象徴している。文壇・学会だけではなく、池島信平氏のような出版社の人や新聞社の人も連動して、大きな文化運動となっていったのである。この時点で、近代文学研究所の人たちが描いたささやかな文学専門図書館の構想を越え、運動が大海原に舵を切ったことがわかる。

　六二（昭和三十七）年の呼びかけ以後、基金募集、資料収集のほか、土地・建物の構想も同時併行的に進んでいる。高見氏が相談を受けた時、すぐに知人に電話をして、土地の寄付を交渉したいきさつは『続高見順日記』に書かれているが、それは産経新聞創業社長・前田久吉氏の持つ千葉・鹿野山の土地のことで、前田氏の案内で高見氏らが、現地を訪れるなどした。結局文学館には僻遠で実現には至らなかったが、こういう好意もあったのである。

この後、東京都との折衝の中で、都に移管される筈であった上野図書館が有力候補に絞られた。国立国会図書館の支部として運用中の同館をめぐって、さらに国側との交渉が必要となった。折衝の経緯は省くが、国会の議院運営委員長や図書小委員会委員長、国立国会図書館館長ほか、国の要職の人たちとの折衝は文学者にとっては難渋だった。高見、伊藤、稲垣、久松、吉田、中村、小田切ほか代表たちが何度も足を運び、申請等の手続きを踏んで、六三（昭和三十八）年八月に国会図書館との間に寄託契約が結ばれた。これは自由な使用許可ではなく、あくまでも国会図書館側に資料を（そして働く職員も！）寄託する、というものであった。

日本近代文学館文庫がこうしてやっと開設の目途となった。寄贈される約束の資料が搬入され、整理、開設準備に入ったのは十一月。池袋の住友ビルにあった文学館事務局から高橋敬氏と私の二人の職員が派遣され、学生らの協力を得て準備作業が進められた。従って土地探しと建物建設の計画は続行することになった。

ここでは、先の委員会のうち、図書委員会が活躍することになる。研究者の大御所である久松、稲垣氏や紅野、保昌氏ら大勢の委員やスタッフたちとの思い出は尽きないが、それは資料のことなども含めて次項に譲る。前に書いた鎌倉生まれの大久保乙彦氏もここに赴任した。図書委員で演劇研究家の藤木宏幸氏は、この文庫で伴侶を得て、鎌倉に住んだ。最初の職場結婚とも言われた。

＊

上野に近代文学館文庫が開設される前に、その折衝、準備と並行して、講演会や展覧会の事業が行われた。

先ず財団創立記念の文芸講演会は三回。一九六三（昭和三十八）年三月に朝日新聞社後援で朝日講堂、六月には読売新聞社後援で読売ホール、さらに九月、朝日新聞社後援で大阪・関電ホールで開催。川端、高見、伊藤氏などの常連のほか、武者小路実篤、佐藤春夫氏などが講演しているのも目をひく。大阪では貝塚茂樹、桑原武夫、松本清張、開高健氏も講演し、そのあと関西在住発起人会も開かれた。

また八月には、読売新聞社後援で設立基金募集の「現代文芸家色紙展」が、池袋・西武百貨店で十日間開かれた。文学者だけではなく、向井潤吉、東郷青児、中川一政、林武氏ら画家や、勅使河原蒼風、中村歌右衛門など文化各界から、絵画、色紙、短冊等の出品協力があり話題を呼んだ。四百五十人、千百点余の作品が入札され、二万人以上の入場者があり、二百万円の純益が文学館の基金となった。こういう色紙展は六五（昭和四十）年にも西武百貨店で開催された。

さて最大のイベントは「近代文学史展―文学百年の流れ―」である。これは、これまで行われた文学に関する展覧会の中で最大の規模・内容のものであった。六三（昭和三十八）年十月一日～十三日、毎日新聞社との共同主催で、新宿伊勢丹で開かれたもので、四万三千名近くの入場者があった。出品協力者約三百七十名、出品点数五千点余。初版本、雑誌創刊号をはじめ、原稿・草稿、書簡、日記・ノート、書画、遺品などの生資料が近代文学の歴史に沿って立体的、総合的に展示され、新鮮な驚きをもって世間に迎えられた。メディアもまた大きく報じた。今後の文学展について多くの示唆に富む経験が含まれた先駆けだっただけに、この文学史展については、上野の文庫とともに次に詳述したい。

4　「近代文学史展」の成果

前述の流れをうけて、ここでは〈総合的な文学展の嚆矢〉といわれた「近代文学史展」に絞って記したい。

一九六三（昭和三十八）年十月一日（火）から始まった同展は、まだ建物を持たない財団法人になったばかりの日本近代文学館と毎日新聞社の共同主催で、会場は東京・新宿の伊勢丹デパートで始まった。

この初日は雨天であったが、伊勢丹の前には、開場前から傘をさした来館者が並んだ。「この日は都民の日で公立中・高校が休みのため高校生の学生姿が目立った」と、当日の「毎日新聞」夕刊は伝えている。学生の入場料は七十円、一般は百円。今から思うと安かった。

公開前の午前九時から関係者の開場式があったが、列が新宿の街に溢れるので、十時の一般開場後は、詰めかけた参観者に、六階の会場前から屋上に向かう階段に並んで貰うことになった。この混雑は十三日までの会期中続き、参観者は四万二千二百名、図録一万五千部を販売、多額の入場料が文学館に寄付された。

伊勢丹六階の会場は三〇〇余坪、つまり約一〇〇〇平方メートルの広さを想像されるとよい。現在の文学館の中でも最も広い展示場を持つ神奈川近代文学館が三室合計で約六八〇平方メートルであるから、その約一・五倍の広さということになる。この広さで千点以上の資料展示は、現在の感覚では常識外だが、このときの「毎日新聞」の社告では「文学者群像百人」「二千余点にのぼる」とうたっている。それは主要作家であり、登場の文学者は数え切れない。いわば近代文学史の総まくりという趣なので、編集委員や担当者の強い熱情が膨らんで資料も厖大になった。

結局、展示では絞り切れず、出品目録を数えても左記のように三千五百点ほど。十二日の記事では「五千点を越す」とあり、その後の文学館公式記録ともなった。

原稿・草稿類＝約二百点、日記・ノート・覚書・メモ類＝約百点、初版本を含む図書＝約千百冊、初出誌を含む雑誌＝約八百冊、初出紙を含む新聞＝約百紙、書簡類＝約百五十通、書・筆跡類＝約百点、絵画類＝約九十点、彫刻＝約十点、写真＝約三百八十点、作家の遺品や愛蔵品＝約七十点、演劇部門での台本や舞台写真、プログラム・ポスター類、舞台装置・模型など演劇関係資料＝約二百二十点、特別出品の、川端康成愛蔵品＝約十点、中央公論社の経営者・麻田駒之助遺品＝約三十点、式場隆三郎「白樺」関係コレクション約四十点、その他の雑資料類約百点。合計約三千五百点。会期途中での追加や差し替え等が多かったので、のちに約五千点余としたのも頷ける。

＊

「従来、物故作家の個人展覧会は行われたこと

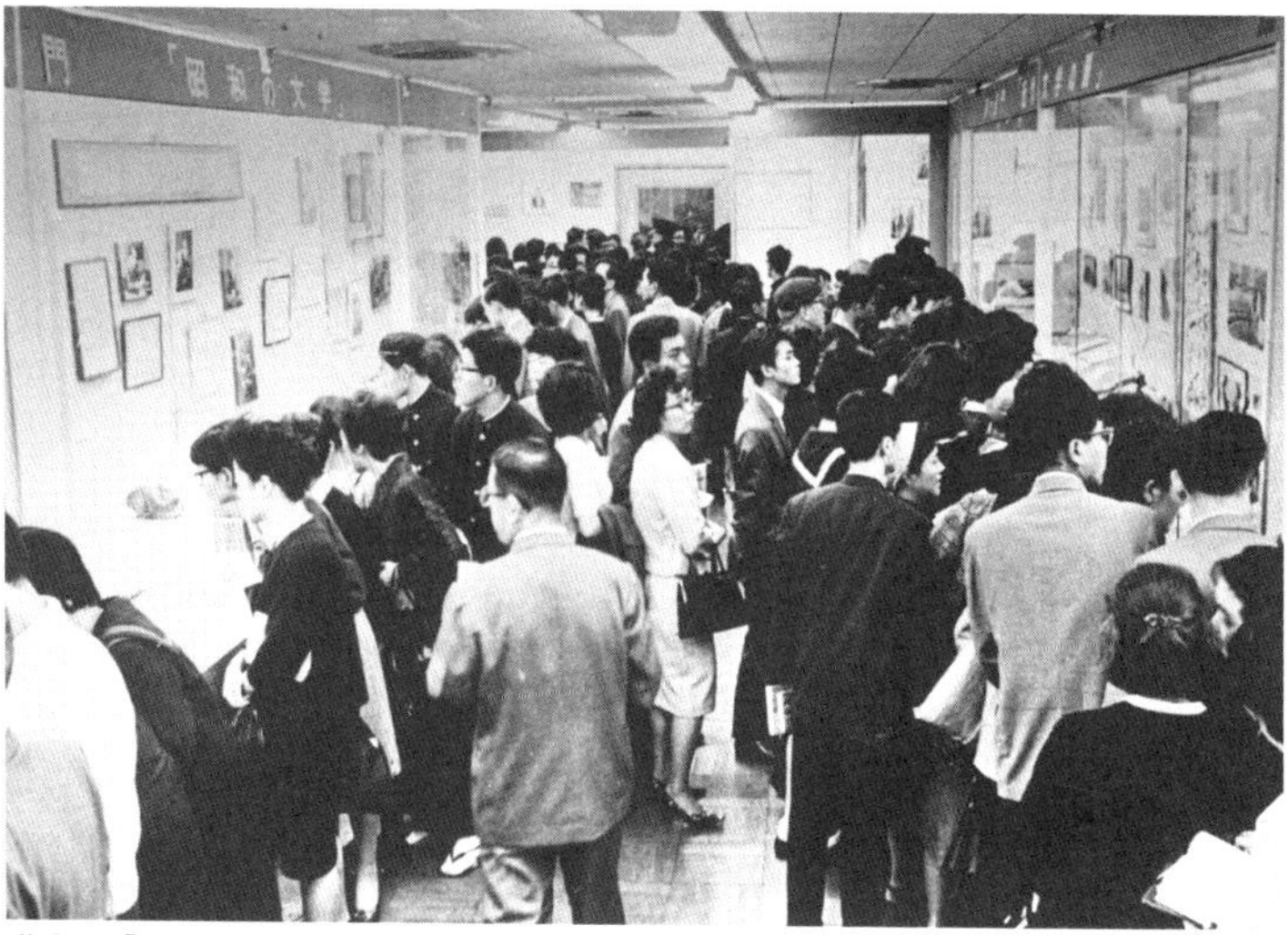

満員の「近代文学史展」展覧会場（1963〈昭和 38〉年 10 月・新宿伊勢丹）
写真提供：日本近代文学館

があるが、明治、大正、昭和にわたるこうした大規模な系統的な文学史展はこれがはじめてである。いままでかつて行なわれたことがない」と、高見順氏も「毎日新聞」九月十七日号夕刊の「明日の文化創造のために」で書き、「文壇と学会とが、こうした仕事でこれほど力をあわせた例も稀有のことではなかろうか」と感慨を述べている。空前でもあったが、今になってみると絶後といってもよい。

この企画の芽は、日本近代文学館を創設する運動の重要な一環として、一九六二(昭和三十七)年当初から語られていたようだが、具体的には六三(昭和三十八)年の初め頃から動き出した。『続高見順日記』の二月十四日の項にも、「『毎日』に行く」という記述が出てくる。学芸部長、出版局長、事業部長と立て続けに会い、「大体伊勢丹で十月終りか十一月はじめに、大々的な展覧会になった」と構想が決まった瞬間を記し、さらにこの展覧会を基に、『日本近代文学図録』を出版する約束まで交わしている。根回しは前からあったわけだが、この日は伊藤整氏や小田切進氏同道で一気に動いた気配である。

文学館運動の初めから、資料の所在探索は続いているわけだが、この企画を機に拍車がかかった。関係者は一年足らずの間に、作家やその遺族、個人や大学図書館、出版社などの所蔵者に必死に交渉して廻った。秘蔵の資料を思い切って出品する人々は三百七十名にのぼった。編集委員会は二十数回持たれ、各部門の担当者会議も頻繁に行われた。

文学展などに慣れてしまった今の人々には想像し難いかもしれないが、当時は原稿などはおろか、初版本や初出雑誌さえ、研究者や編集者以外ではあまり接触がない。文学アルバムの類も少なかった。この催しに多くの人が興奮したのも頷ける。戦中に貸本屋・鎌倉文庫を開いた川端康成、高見順氏ら鎌倉文士たちが、押し寄せる読者に感動したことと重ねて連想してもおかしくはない。それほど鮮烈な印象を世間に与えた文化的事件だった。

＊

その展観内容の全貌を伝えることは不可能だが、概要は幕末・明治初めから昭和・戦後までを五部門に構成し、詩歌俳句や大衆文学、児童文学も組み込み、別に演劇史を辿る第六部門を設けた組み立てで、そのまま目で見る日本近代文学史そのものであった。

このときの編集委員会は、前項で紹介した理事などが総出の陣容なので省略するが、監修には、監事の大佛次郎、川端康成、久松潜一氏、編集委員長に稲垣達郎、副委員長に木俣修氏が就いた。一～五部門の編集責任者は順に塩田良平、吉田精一、稲垣達郎、小田切進、瀬沼茂樹、平野謙、山田肇氏で、詩歌俳句担当に木俣修氏、大衆・児童文学担当には福田清人氏がなった。

各部門に評論家や研究者、それに職員や協力者が大勢参画したので、実働者は七～八十名にも及んだ。学者の紅野敏郎、太田三郎、保昌正夫、尾崎秀樹、上笙一郎氏はじめ、若い学究の藤木宏幸、川田浩、篠崎圭介、井口一男氏、当時学生だった栗坪良樹、川高保秀氏ほか、最も汗を流した人々の働きを記したいのだが、触れるに留める。ちなみに事務局職員の私は、四部門と図録編集作業を担当した。

編集委員たちは図録に格調高い解説を書いているが、同時に開会前から「毎日新聞」に簡略な部門紹介を連載している。以下の各氏の引用はそこに掲載されたものである。

伊藤整氏は、「この展覧会は一回では十分見終えられないと思う。解説に注意して、二度か三度足をはこぶと、次第に、無数にあるような雑誌や単行本の類も、ただ並べたのではなく、それぞれその時代を代表する重要な意味を持ってくるであろう」とガイドしていて、微苦笑を誘われる。

＊

会場の出品物を部門別に少しだけ眺めてみよう。

「近代文学史展」という谷崎潤一郎書の題字の入口を入ると、幅三メートルほどの観客通路を挟んだ左右のガラス壁面に、びっしりと資料が並んでいる。文学展では原稿・草稿とそれを掲載した雑誌・新聞、刊行された初版本のいわゆる三点セットを軸に、写真や書簡、遺品などを配して構成するのが基本だが、このときはともかく資料が多すぎた。およそ文学史で無視できない雑誌や初版本、作家の写真はまず揃えられた。代表作品の原稿・草稿類は、現在の時点から比較するとまだ少ない感があるが、それでも二百点は越える。書簡やノート類も然りである。

幕末・明治初めの風俗版画が壁面を飾る床面には、新聞で報じられた最古の俳句雑誌「俳諧新聞誌」がある。『新体詩抄』や東海散士の政治小説『佳人之奇遇』、坪内逍遥の『当世書生気質』、最初の文芸同人誌、尾崎紅葉らの「我楽多文庫」が目に入る。二葉亭四迷の「落葉のはきよせ」稿本は鎌倉の中村光夫氏秘蔵のもの。紅葉の「金色夜叉」腹案覚書、山田美妙没年の日記。樋口一葉の「たけくらべ」草稿の上には、木村荘八の「たけくらべ絵巻」がある。

第一部門「近代の曙」をこうして抜けると、第二部門「近代文学の成熟」。泉鏡花の「両頭蛇」原稿断片、国木田独歩「欺かざるの記」草稿、夏目漱石「こころ」原稿、森鷗外の遺書などが注目された。吉田精一氏は特筆すべきものとして、石川啄木が一九〇八（明治四十一）年、北海道に家族を残し上京した直後に森鷗外にあてた「決意をのべた書簡」を挙げた。

第三部門「近代文学の発展」は白樺派の資料が豊富で珍しい関係写真が多く出品された。武者小路実篤、柳宗悦らの我孫子時代の家族との舟遊びの写真や、実篤「その妹」・長与善郎「竹沢先生といふ人」・有島武郎「リビングストン伝」・里見弴「安城家の兄弟」などの原稿や、谷崎潤一郎「細雪」・芥川龍之介「歯車」・中里介山「大菩薩峠」の原稿、推敲著しい野上弥生子「迷路」の原稿など逸品が並んだと、稲垣達郎氏は書いた。

第四部門「昭和の文学」は、壁面に実篤の詩「戦争はよくない」の扁額、床面に「マヴォ」などのアヴァンギャルド系の雑誌や資料から始まる。同人雑誌時代でもあったし、担当の小田切進氏は、文学館運動の引き金になった一昨年の雑誌展を越えたと喜んだ。一冊しか残っていない発禁本『中野重治詩集』など、プロレタリア文学系の資料も豊富だった。対する新感覚派では横光利一「旅愁」、川端康成「雪国」の原稿など。堀辰雄「不器用な天使」、志賀直哉「暗夜行路雑談」の原稿も。石川達三の第一回芥川賞「蒼氓」受賞記念品などもあった。

第五部門「現代の文学—戦後」の構成では、瀬沼茂樹氏がこう書いている。「戦後の文学はいきた歴史であるために、いちばん厄介な問題をふくんでいる」「私たちは協議を重ねて、現代の部門は他の部門とちがって、文壇的事件で一種の事件史として扱うことにした」。壁面には戦後十八年の流れが写真で立体的に展示された。「田村泰次郎の『肉体の門』のポスターやプログラムがほしいといっても、ご本人も持っていない」とも書いたが、田村氏自身が「週刊新潮」の「掲示板」で訊ねて発見され、急遽出品に至ったという逸話もあった。五部門末尾は「作家の一日」という現役作家百態を写真で演出して現代性を持たせた。原稿類の出品も豊富であった。

第六部門「近代の演劇」は文学展としてはユニークな企画で、山田肇、秋庭太郎氏たちが苦心した。「前史をも含む新劇の歴史全体を、十三のグループにまとめて、舞台写真その他の写真を主とし、その間にポスター、チラシ、プログラム、装置模型などをちりばめ」、要点が理解できるように立体的に展示された。洋風劇場の出現から文芸協会、芸術座、自由劇場、築地小劇場を経て戦後にいたる資料提供には、早大演劇博物館をはじめとする演劇関係者が骨を折った。

ともかくこの時期に成しえた最高に贅沢な資料展であった。

さらに、麻田駒之助氏の遺族から出品された夏目漱石、永井荷風、村山槐多、鏑木清方、鰭崎英朋らの絵画や作家の書簡多数、式場隆三郎氏からの岸田劉生、バーナード・リーチなどの絵画を含む白樺派の資料が特別出品されたことも花を添えた。

また関係者では、寄贈となる高見順氏蔵書の雑誌、図書が基本になったし、さらに小田切氏は、「川端康成のコーナーは圧巻である。中村光夫氏の再三の懇請によって、川端さんはわざわざそのため軽井沢からいったん鎌倉へ帰った。ここには『雪国』『山の音』『眠れる美女』の原稿、『雪国』の手控え、同訳書四カ国語版、利一、基次郎、かの子書簡、安田靫彦、小林古径、東山魁夷の表紙絵装画など、所蔵のロダン『ユーゴー首』テラコッタ、ブロンズ、林芙美子の形見として受け

有島武郎の絵画を配した「近代文学史展」図録

られた李朝水滴、ほかに愛蔵の美術品数点、荷風の画帳その他が出品される」と書いて、川端氏の労を讃えた。

ついでに鎌倉ゆかりでいえば、川端、高見氏のほか、中村光夫氏は二葉亭四迷資料の出品者だが、実働者でもあったし、有島家関係では、有島生馬氏提供の有島武郎の絵画は図録表紙を飾り、期間中に『有島武郎滞欧画帖』という復刻本を文学館で出版することが出来た。里見弴氏も各種出品してくれた。

*

十月四日「毎日新聞」夕刊に、「皇太子ご夫妻、近代文学史展へ」という記事がある。「約一時間ご覧になった」「お会いになったことのある志賀直哉、里見弴、武者小路実篤氏らの若き日の姿に」興味深げだったとある。高見順氏ら各編集委員が説明役をした。初日の開場式には三笠宮を来賓として招いている。このときは政、財界の有力者や、ライシャワー米大使も出席した。新聞社や会場の伊勢丹は緊張したが、高見氏ら文学館側も慣れない対応に神経を遣った。前に触れた一部の人たちとの離反も、こうした展開に関係があったのだが今は触れない。

さらに忘れてならないのは、この期間中に五回の記念特別講演会を伊勢丹ホールで開催したことである。二十五名の講師の中には、常連の作家のほかに平林たい子、佐多稲子、大岡昇平、水上勉氏らや若い大江健三郎氏もいたことを記しておきたい。

展覧会は、企画・構成にはじまり、資料の所在調査・出品交渉、手続きや搬入搬出・展示飾り付け、図録作成、宣伝など、実に多様な要素を持った総合事業である。文学館運動二年目にしてこれだけの文学展をやることが出来た意義は大きい。文学館を創ろうという意図は広く普及されたし、資料の寄贈協力者とのコンタクトも生まれた。資料を研究者や愛蔵家の狭い範囲から、広く公開するという目標にも近づいた。これらの資料を基に一九六四（昭和三十九）年十一月に日本近代文学館編・毎日新聞社刊で出版した『日本近代文学館創立記念　近代文学史展』図録は、その後の文学アルバム類の先駆けともなった。

デパート展の催事会場での展覧会というのも独特の世界であった。何もない床に板壁を作り、囲いを作ってガラスをはめ、展示ケースにする。展示業者がトンカチで一からやる。壁紙をはり、乾くのを待って展示物を飾る。前日まで行われていた別の展示物を片づけたあとの一日一晩で、全ての作業を終えなければならない。全国各所から集められた展示物は、美術運送の業者が美術倉庫から運び入れ、一緒に壁の額や軸を飾る。ネームまたはキャプションといわれる説明札は、当時はまだ手書きの業者が書いた。間違いがあればその場で直す。業者も主催者も一緒に汗だくである。このどたばたが、夜半まで続き、眠気をこすって開会に臨むというのがデパート展の姿であった。

このときの高見氏の日記には「二時、『山の上ホテル』へ」帰ったとある。高見家と親しい宮城まり子さんが果物と菓子を差し入れてくれたことも書かれている。

*

そういった裏話もいろいろあるが省略して、最後にこの展覧会の最中から始まった高見順氏の闘病のことに触れておきたい。

この展覧会たけなわの十月三日、『続高見順日記』にはこうある。「銀座の中山ガン研究所へ行く。／研究所員の精密検査を受ける。／一時半、中山教授に会う。／食道ガン！／二カ所。直ちに入院されたしという」。食道癌の権威であった千葉大の中山恒明教授にかかった結果であった。

高見氏は翌日展覧会場での皇太子夫妻の案内を無事終えたあと、夕方、銀座の文壇バーともいわれる「エスポアール」に向かう。五日に千葉大付属病院に入院した。闘病生活の開始である。夏ごろから、食べ物がつかえる兆候があったのだが、十月一日、開場式のあとの昼食でそばを食べ、喉につかえて戻したのがきっかけで、診察となった。まさに劇的な状況となったわけである。この後のことは『闘病日記』に書かれているが、作家としての執筆活動と文学館運動に挟撃された壮絶な展開であった。

5　日本近代文学館文庫を上野に開設

二〇一二（平成二十四）年に日本国籍を取得して、鎌倉でも記念講演会をした日本文学・文化研究者のドナルド・キーン氏は、一九六四（昭和三十九）年四月の館報「日本近代文学館ニュース」第四号に、「外国文学者から」という次のような一文を寄せている。

「日本近代文学館が創立されると聞いたとき、全く感心した。ヨーロッパやアメリカの図書館―特に大学の図書館―では近代文学を侮る傾向が強くて、ひどい場合（ケンブリッジ大学の図書館はその一例であるが）近代文学を新聞と余り変らないもののように取り扱うこともある」と書き出し、同時代の作家の比較研究をやることの不便さを嘆いている。欧米に比して、「今度日本で出来る近代文学館は大事な資料を保存するだけではなくて、将来の研究も振興するものであるから、欧米諸国に影響を与えるに違いないと思う」と記し、翻訳の過程を知るような原稿やノートなども寄付できたらよいと述べている。

日本も似たような事情であって、やっと声を上げたばかりだったのだが、これは好意あるエールであった。

同じ号に稲垣達郎氏の「第二年」という一文もある。

「かくて、第二周年目にはいるわけだ」「ここで、いよいよ、本命の専門図書館（博物館）を充実してゆかなければならない段取りになって来た。図書委員会の手で、分類や整理、保管の方法など、近代文学館の特色を活かす方式がいろいろとくふうされた。国会図書館側のいい助言も得られた」と書き、実質的な文学館準備の覚悟を宣命した。

このとき稲垣氏は、特別委員会として再編成された図書館委員会の副委員長だった。

さらに同じ号に、図書館委員としての保昌正夫氏の「文庫から」という報告もある。進捗状況を述べた中で、「すでに新潮社からは創刊号をも含めて、『文章倶楽部』、『文学時代』、『婦人の国』、『トルストイ研究』が合本のかたちで、相当冊数送られてきている。『新潮』『日本詩人』などもある期間にわたってのところがはいっている。また、講談社からも『雄弁』『現代』等を含む五千冊にちかい雑誌の寄贈の申し出がある。これらに加えて故野村胡堂の蔵書（さきごろ『毎日新聞』紙上にも記事として扱われたが、これは書架をも添えての申し出で、この書架も上野の文庫で早速活用されている）、あるいはペリカン書房品川力氏からのもの等、個人としての寄贈書も次第にそれぞれの位置に整理、配架されつつある」と書いている。

これらは、六四（昭和三十九）年の文庫開設に向けての雰囲気を象徴的に伝えている。ここに焦点を絞って記したい。

その前に、一応これまでの主な動きを年譜的に辿って整理しておこうと思う。

＊

一九六二（昭和三十七）年

五月、日本文芸家協会で設立準備会。代表に高見順氏を選出。七月、発起人百二十三名（翌年までに二百四十三名）の名で、「設立趣意書」を各界に送り協力を呼びかける。準備会直後から、東京都や文部省、大蔵省、国会図書館とも折衝を重ね、土地・建物、募金の協力を求めた。この間、大手出版社十三社から図書約三〜四万冊寄贈の予約をはじめ、十一月から呼びかけた基金募集では出版社・新聞社・個人などから一か月で一千万円を超す寄付金が集まった。

一九六三（昭和三十八）年

三月、文部省から財団法人設立の認可。四月七日、創立総会をサンケイ会館で開催、法人として正式発足。初代理事長に高見順氏就任。「設立の趣意」Ⅰ（Ⅱは十一月）発行。創立記念文芸講演会を四〜九月に三回（朝日・読売新聞社後援）開催。八月、池袋に事務局を置く。設立基金募集「現代文芸家色紙展」（池袋・西武）開催。国会図書館との間に「文庫」設置の寄託契約成立。十月、「近代文学史展」（新宿・伊勢丹）を毎日新聞社と共催。記念講演会も五日間開催。十一月、文庫開設準備に入る。

一九六四（昭和三十九）年

文学館設立運動によって、第十二回菊池寛賞受賞が決まり、三月六日の授賞式には高見順理事長が、退院闘病中の鎌倉から駆けつけ、スピーチを行う。四月、伊藤整氏ら理事会の要請を受けて、佐佐木茂索氏が募金委員長に就任。五月二十日、「近代文学館を励ます会」が、池田勇人首相はじめ政・財界、マスコミなど各界四十二氏の発起人により、東京会館で盛大に開かれ、四百五十氏が出席、支援の機運が盛り上がった。七月、読売新聞社の後援による第一回夏季講座「日本の近代文学―作家とその思潮・流派」を有楽町・読売ホールで開催。以後毎年の恒例行事となり、現在の「文学教室」に継続。当初は講演録も読売新聞社から刊行された。十一月、「日本近代文学館文庫」開設。十二月、朝日新聞社との共催で、「二葉亭四迷展」を新宿・京王百貨店で開催。記念講演会を朝日講堂で開催。年末、文学館建設のための国庫補助金一億円(次年度)が、政府予算案に計上された。

ご覧のように、菊池寛賞受賞や励ます会ほか、一九六四(昭和三十九)年には重要な出来事が重なっているのだが、錯綜するのを避けて、文庫以外の事は次にしたい。

先の館報第四号で稲垣氏が「ここでいよいよ、本命の」と書いたときは、すでに文庫の準備進捗中だったが、二年越しのあれこれの苦労をやっと越えて、という関係者の思いを代弁したものだったのだろう。特に、「近代文学史展」という、かつてない大展覧会に割かれた関係者諸氏のエネルギーは計り知れなかった。各種事業や募金だけでなく、文庫の準備にもかなりの曲折があった。

＊

文学館の土地・建物に関する経緯は、前にも触れたように高見順氏にこの運動の相談があった直後から始まっている。その間、土地・建物に関する動きは途絶えていない。千葉・鹿野山の土地や、東京・練馬石神井近辺が候補にのぼったりした中で、最も繁く接触していた東京都からは上野図書館が話題にのぼっていた。

上野図書館は国立国会図書館支部上野図書館のことで、議事堂前の本館が中心になってからは、収蔵資料を閲覧させる参考図書館となっていた。学習に来る受験生などが多かった。国立国会図書館法第二二条に「この図書館はできる限り速かに、東京都に移管し、移管前に制定される法律及び諸規定に従って運用される」という一項があり、これを根拠に東京都への移管の話が取り沙汰されていた。文学館側では、伝統ある上野図書館の歴史的由来や文学館の性格を合わせ考慮すると、ここが最も相応しいとする声が強く、以来、小尾乕雄教育長ら東京都との折衝を続けてきたのである。

東京都だけではなく、六三（昭和三十八）年一月には国の関係機関や国会議員などにも折衝、鈴木隆夫館長ら国会図書館側や議会関係にも高見順、伊藤整、稲垣達郎、久松潜一、木俣修、吉田精一、小田切進氏ら世話人たちが交渉を繰り返した。

議院運営委員会ほか各界あてに、「国会図書館の一部使用に関する要望書」を作成し、提出したのも二月頃のことで、かなり素早い動きであった。高見、伊藤氏ら多数が国会図書館長の好意で、酒井悌上野図書館長に同館を案内して貰ってもいる。三月には、高見氏らが都知事と土地・建物問題で会見した。「文学館は上野に」という、憶測も含めたニュースが飛び交った。

こうして一挙に視野が開けるかと見られた土地・建物問題だったが、しかし一転、国会図書館法では、〈一部使用の形での貸与は困難〉だということが判明し、暗礁に乗り上げた。

交渉不調の苛立ちもあって、『続高見順日記』の三月六日の項には、「いわば他人の家を、こっちで勝手に貸してほしいと言うのだから、こっちの言い分も勝手すぎると見られても仕方ない。しかし上野は現在、空家同様である。こっちとしては、国会図書館に協力するという形で、できたら貸して貰えぬかと頼んだのだ」「いやなら、いやだと言ってくれればいいのだ。それをぬらりくらりと|官僚の典型だ」などと憤懣が記されている。「いわば国立大学の一部を、私立大学で使わせてくれというようなもんで、ムリですな」という木俣修氏の感想も記されていて、当時の苦労が偲ばれる。

しかし、総じて国会図書館は極めて協力的で、その後館長からの提案で、「寄託」の方式による協力は可能だとの話が伝えられ、事情はさらに急展開する。財団理事会と国会図書館との協議が急速に重ねられていき、寄託契約が成立したのが、六三年（昭和三十八）八月二日だった。上野図書館一階二百坪に「日本近代文学館文庫」を設置、発足する見通しが立ったのだ。〈翌年五月開館〉の目標が立てられたが、周知のように、その前年のこの時期は、「近代文学史展」などの準備に忙殺されている時期だった。あとで目標は十一月に繰り延べにされた。

これによって文庫は一時期の仮の施設ということにもなった訳で、依然として、土地・建物の探索を続行せざるを得なくなった。候補地が駒場公園にほぼ決まり始めるのは、六四（昭和三十九）年十一月頃であった。

駒場の本館開館は六七（昭和四十二）年四月であるが、建物が竣工して文庫を閉鎖、移転したのが前年の六六（昭和四十一）年十月であるから、上野の文庫時代はおよそ三年間ということになる。

＊

文学館の事務局は、最初は小田切研究室にあり、連絡先も日本文芸家協会等にあったりしたが、一九六三（昭和三十八）年八月から、池袋西口の住友銀行ビル二階に間借りしていた。この頃の職員は六人ほどで、ほかに、協力者らが大勢出入りしていた。まさに「手弁当」の時期だったが、ようやく寄付などの援助で、薄給、薄謝が出せるようになってきた頃だった。

「近代文学史展」の後始末も済まない六三（昭和三十八）年十一月はじめ、その事務局から、職員の二人、高橋敬氏と私が上野図書館に派遣され、文庫の準備作業に入った。ここでも、資料整理などに協力者を募り、多いときには十五〜二十名ほどにもなった。前に紹介した鎌倉出身の大久保乙彦氏はまだ日比谷図書館に在籍し、図書委員として国会図書館との折衝や分類法の成立に関わっていた。赴任は翌年五月になる。池袋の事務局には総務、募金その他各種事業、広報など全般の仕事に、文学史に詳しい篠崎圭介氏、もと産経新聞社で財務に強い清水節男氏を中心に、宇治土公三津子、笠井（川島）かほる氏らが常駐し、初期からの協力者、井口一男、乙部紀子、小野芙紗子氏らも出入りしていた。

上野図書館は旧帝国図書館の面影を残した石造りの重厚な建物であった。外からの感じも、中に入っても、重々しさが漂っていて、いささか暗かった。寄託契約によって文学館に与えられたスペースは一階とはいえ、廻りが湿気を防ぐドライエリア（空堀）という空間に囲まれた書庫を中心とした半地下の場所で、図書館によくある構造だった。

私たちは先ず、約六〇平方メートルの事務室に机や書架などを整えるところから準備を始めた。隣には閲覧室用の空き室、その奥に書庫があった。人が働く環境としては、ややうっとうしい場所で、最初は、資料とともに私たちもまた寄託されたような、離れ小島に来たような気分だった。当時は電話の架設もスローで、図書館や駒込電話局との交渉を経て通じたのは、開設間際の九月だった。それまでは図書館事務室で借りるか、公衆電話だった。掛かってくる電話では酒井館長以下図書館員を煩わしたが、親切に対応してくれた。

閲覧室用の書架・カードケース、ロッカー、机・椅子などは、池島信平氏らが尽力してくれて、上野・松坂屋から寄贈され助けられた。

最初の事務作業として、図書館業務以前の寄託契約実務というのもあった。国会図書館へは、寄託する物品や資料のリストを添えて提出しなければならない。上野図書館から渡される収蔵資料リスト台帳に、図書・雑誌等を一冊一行で記録する作業である。当然搬入される寄贈資料の目録カード作成と同時進行になるので、作業は錯綜した。

肝心の資料はどうだったか。まず、すでに四万冊に及ぶ寄贈予約を受けている各出版社に図書・雑誌搬入のお願いをした。資料はたちどころに運び込まれて、床積みされた。大手出版社には戦前からの古い雑誌を保存している社もあり、そのうち複数あるものは寄贈してくれた。保昌氏の報告にある新潮社や講談社がそれである。それまで寄贈を約束してくれていた個人、団体にも搬入のお願いをした。

しかし、寄贈資料にだけ頼っていては、文学館の基礎資料が整わない。大学の図書館・研究室や公共図書館が保持する基本的な参考図書や、近代文学研究に必携の作家の著書、全集、評論家や研究者の著書、文芸雑誌など、基本的に必要なものを整備しなくてはならない。資料の蒐集・整理・保存の専門委員会である図書館委員会の仕事の最初の眼目はそこにあった。またすでに国会図書館に相談を続けている文学館独自の整理・分類方法のことも大事な仕事であった。いずれも急がねばならなかった。

＊

前に十の委員会が組織されたことを記したが、一九六四（昭和三十九）年のこの時期、最も活動したのは新たに編成替えされた図書館委員会と、博物館委員会、それに募金委員会だったと思われる。

最初塩田良平委員長、保昌正夫幹事で、交渉の要になっていた図書委員会は、図書館委員会として再編成された。久松潜一委員長、稲垣達郎副委員長と、委員には勝本清一郎、瀬沼茂樹、成瀬正勝、平野謙、吉田精一氏ら錚々たる学者、評論家が三十名ほど並んだ。さらに若手研究者らを中心に活動的な幹事会が設けられた。幹事長は紅野敏郎氏がなった。前年から続いている分類小委員会も継承されて、そのまま検討会を続けた。

ついでに付すと、博物館委員会が別に編成された。近代文学博物館も別途設置が東京都と検討されていたためである。川端康成委員長、塩田良平副委員長、大佛次郎、木俣修、中村光夫委員ら約三十名。六三（昭和三十八）年五月には東京都社会教育部から原案提出が求められ、地下二階、地上四階、大展示室を備えた延べ二七〇〇坪の構想案をまとめた。稲垣氏の一文に「博物館」とあるのはそのことである。

図書館委員会の活動は急がねばならず、多忙であった。すでに触れて来たような、国会図書館との交渉や、分類・整理方法検討のほか、個人・出版社への資料寄贈依頼、古書の収集・購入、レファレンス・調査研究などの課題が委員会をせかしていた。

何度かの準備会のあと、四月二十四日には第一回図書館委員会が開かれた。このときに集まったメンバーを参考に記してみると、久松、稲垣、沢野久雄、勝本、村上元三、関良一、渋川驍、太田三郎、久保田正文、幹事委員の紅野、保昌、三好行雄、古林尚、熊坂敦子、藤木宏幸氏ほか。専務理事としての小田切進氏も参加。活動体である幹事会は毎週のように開かれた。幹事にはほかに伊沢平八郎、福島タマ、井口一男氏や、途中から栗坪良樹、佐々木雅発氏らも加わった。事務局側として各分野専門の大久保、篠崎、清水氏や私たちも同席し、酒井上野図書館長も必要に応じて加わった。

このうち分類方法については、すでに国会図書館の弥吉光長整理部長や森清氏らの助言のもとに、前年末から相談が続けられ、曲折があったが、六四（昭和三十九）年二月末には「日本近代文学館分類法」が、国会図書館公認のもとに出来上がった。十進分類法に一部手を加えた独特の分類法で、九部門の文学の項を細かくし、作家の五十音順の配列など、利用者の便宜を考慮したものだった。これはその後各地の文学館の指標となる貴重な分類法であった。また、目録カードも書誌、索引など細かく整備するように努めた。

もう一つの眼目は資料の蒐集で、寄贈依頼と古書購入に駆け回った日々が思い出される。今回改めて、五月から発行した「図書館委員会週報」十二号分と、続く「図書館委員会月報」四号分を通覧した。これはガリ版印刷が得意な私らが提唱して、日々の委員会の会議と活動を記録したものだったが、のちに紅野、保昌氏らに「あれは貴重だ」と褒められた臨場感のある広報紙だった。のちの「図書資料委員会ニュース」に繋がるものである。この記録を辿ると、委員や幹事、職員・協力者たちが毎日のように一丸となって出版社を廻り、個人の所蔵者に寄贈依頼をし、また各方面の古書店に蒐集に歩いていたことがわかる。

多分、都内のほとんどの出版社を廻った。どんな小さな出版社にも行ったが、「私ら個人出版社には一冊とも寄贈する余裕はありません」と社長に断られ、文学館運動と称して当然のように言動する私らが、暗にたしなめられたこともある。それは作家の遺族に、亡くなった直後に迂闊なお願いをして、疎んじられたこととも繋がって、未だにほろ苦い思い出として深く反省している。

古書の購入では紅野、保昌氏らをはじめ学者たちが、講義時間も惜しんで古本屋廻りを繰り返した。古書店も協力的だったが、それを可能にしたのは徐々に集められた個人・団体からの寄付金が貯まってきたからだった。開設間際の二か月ほどは特にフル回転で、三方面に分かれチーム分担をし、一日に千冊以上集めたこともある。基本図書の整備はこうして目鼻がついてきた。

本郷の古書店ペリカン書房・品川力氏のように、文学館にない古書や雑誌の欠号を、毎日のように自転車で運んでくれる奇特な寄贈者も出現した。

すでに二月には、葛巻義敏氏から芥川龍之介関係資料が寄贈され、八月には芥川比呂志氏から同家所蔵の芥川旧蔵書・資料を受託、貸金庫に預けられた（のち受贈、「芥川文庫」となる）。保昌氏の報告にもあったように野村胡堂旧蔵書三千点を同家から受贈した。

六月には二度にわたり、退院して自宅療養中の北鎌倉の高見家から、先ず雑誌千七百種二万五千冊をトラックで搬入した。当然前もって職員たちが通って整理したが、『昭和文学盛衰史』を著した高見氏の蒐集の蓄積であり、これが昭和期の雑誌の柱となった。十月には、式場隆三郎氏から白樺派関係の図書約一千点も受贈した。

こうして文庫開設・公開までに、寄贈された図書・雑誌は約六万冊（申込み十万冊）になり、そのうち、三万冊までは整理された。四十一社に及ぶ出版社・新聞社、百十氏を越す個人寄贈者の好意の賜物であり、図書館委員や協力者の足と汗による基本図書・雑誌蒐集の成果であった。

図書・雑誌も原典主義に徹し、古書もできる限り美本、それも箱や袋、ジャケット（カバー）、帯など、いわゆる付き物を大事にした。図書や雑誌がその出版された当初の姿を正確に伝承するためである。一般の公共図書館が利用に重点を置き、箱や帯を外してしまうのとは逆の姿勢で、これも文学館の独自の姿勢として当初から貫かれている。図書の原型保存の手法は次第に進化するが、最初はアセテートカバー使用などが検討されたりした。

断簡零墨というが、まさにその言葉通り、原稿の書き反古や、メモの類まで、全てを捨てずに寄贈してくれるように、作家の遺族らにはお願いした。〈ゴミ屋〉〈バタ屋〉などと揶揄されたことなども、高見、伊藤氏らは苦笑交じりに書いているが、関係者は一様にへこたれなかった。蒐集・保存された資料がどんな役に立ち、研究に資するかは後代が決めることで、まず保存し、継承すること、かつありのまま公開することが理想であった。

上野の文庫開設で資料を見る、右から高見順、小田切進、伊藤整、川端康成ら諸氏と酒井悌上野図書館長（1964〈昭和39〉年11月2日）　写真提供：日本近代文学館

こうしていよいよ文学館は「日本近代文学館文庫」として、上野図書館内に開設、はじめてその姿を明瞭に現したのである。

十一月二日に、隣の国立博物館講堂を借りて、開設記念式を開催したが、小雨の中、高見順氏は再入院している千葉の病院から車で上京し、理事長として挨拶した。鈴木国会図書館長、池田首相代理・愛知揆一文相、久松潜一、川端康成、山本有三氏らも挨拶した。記念の「現代文学のつどい」を産経新聞社後援によりサンケイホールで開催。小林秀雄、井上靖、大江健三郎氏の講演、大佛次郎、川端康成氏ら多数のスピーチ、安川加寿子氏のピアノ演奏という催しもあった。

文庫は四日から閲覧室を一般に公開。閲覧席は三十席、開架図書は五千冊。年末までに研究者、編集者や一般利用者は延べ千名強、一日平均五十二名に達した。

駒場の本館開館まであと二年であった。

6　資料の収集・寄贈と募金活動の状況

日本近代文学館文庫が、国立国会図書館支部上野図書館の中に開設され、一般公開を始めたのが、一九六四(昭和三十九)年十一月四日。内実は貧弱だったが、近代文学の専門図書館としての第一歩だった。

それと併行して、紆余曲折した文学館の敷地も、東京都が進めていた近代文学博物館の構想と連動して、固まり始めていた。都は六四(昭和三十九)年に博物館調査委員会を設け協議を重ねていた。塩田良平、福田清人、中村光夫、小田切進氏らも委員として加わった。前章に紹介した博物館委員会も十一月から活動する。川端康成委員長、塩田副委員長、大佛次郎、木俣修、中村氏らの約三十名。候補は旧前田侯爵邸のある目黒区駒場の公園予定地で、十二月には、都が旧前田邸を博物館にあてることを決定した。文学館は、博物館と資料等あらゆる面で密接な相関性があることから、同敷地内に隣接して建設することが最適と、関係官庁に申し入れ、折衝が続いていた。従って文庫を開設した十一月には、ほぼ駒場を前提とした検討が進行中だったことになる。

*

文庫開設式が十一月二日に、隣の国立博物館講堂を借りて開催され、文壇・学界、新聞・出版社だけでなく、政・財・官界も含めた五百名を越す一大式典になったことは前回に記した。こうした大掛かりな、いささか派手な式典をやることは、前年の「近代文学史展」の開会式にもあった。その後、一九六四(昭和三十九)年三月に「文学館設立準備に示された文壇・学界の努力と熱意に対し」第十三回菊池寛賞が与えられたが、その授賞式や、次いで五月二十日に東京会館で開催された「日本近代文学館を励ます会」は、さらに盛大だった。新聞社・出版社の学芸部長・編集長らの発案で周到に準備され、政・財界を含む発起人四十二人が呼びかけて、約四百五十名が集まった。同年十一月の館報「日本近代文学館ニュース」第五号には、「会は今日出海理事のユーモラスな司会によって進められ、佐佐木文藝春秋社長、池田首相、灘尾文相、植村経団連副会長、上田新聞協会長、川端康成、丹羽文雄の各氏から」挨拶を受け、「館を代表して病中をおして出席した高見順理事長が、事業達成の決意をこめお礼の挨拶を行なった」とある。

運動の最初から、「文学館に協力を！」とキャンペーンをはった出版社や新聞社の応援とともに、イベントの報道が募金や資料寄贈に大きく影響したことは間違いない。それにしても、文庫開設式の盛大な式典は、地道に、まさに地を這うように資料の収集・整理に汗を流していた現場の私たちには、眩く派手で面映ゆいものだった。こうした心情的な落差については、周りの学者諸氏からも聞かれたが、運動のうねりに呑み込まれた。資金も資料も乏しいこの時期に、その華やかさは重荷であり、かつ希望を象徴するものだったろうか。全て借りものの大展覧会だった「近代文学史展」も含め、いわば壮大な「カケ」とも言えた。

小田切進氏の後の言葉にこんな部分がある。七七（昭和五十二）年の創立十五周年記念「現代の作家三〇〇人展」図録冒頭文「館の創設に尽くした人たち」の一節で、草創期に触れて、この開館までの「五年は文学館の歩みにとっては大事な時期で、疾風怒濤のごとき期間でした」「その数年間は、今思うと、夢魔を見るような思いでした」…厖大な印刷物の作成・発送、基金募集のための各界五百名の色紙集めなど、委員や学生らが連日十一時過ぎまで労力奉仕で働いたことなどを想起し、寄付や資金協力の申し出が続く中で、「引っこみがつかなくなってしまい、ままよ、なるようになれ、というようなところがありました」とある。

私はこの「夢魔を見るような思い」「なるようになれ」という言葉に胸を突かれたことを思い出した。あの機関車のように運動を引っ張っていった小田切氏が、こういう言葉を洩らすのは珍しい。当時の辛さが甦るとともに、一瞬ホッとした思いもあった。

ただ、この文章はこう続いている。

「まず基金と土地の問題にとりくもうとすると、いろいろなことが解ってきました。財団法人になって、大蔵省から特別寄付金の指定を受けないと、募金ができないなどということは、関係者の誰もが知りませんでした。財団法人の申請をするには、定款や役員はもちろん、基本財産や、土地・建物、運営資金、事業計画…等々の見通しが、すべてついていなければ駄目だというのです。いちばんの難問は敷地でした。文部省、東京都の知事室、教育庁、建設局、大蔵省、建設省、国会、国会図書館…等々へ、しばらく日参しなければならないような時期がつづきました」。「近代文学史展」などの行事が重なる中で、次第に理解され、「高見さんはじめ理事はもちろん、関係者がことごとく素人で、しかも手弁当で苦労しているということが伝わりだすと、『何とかこれを応援してやろう』という空気が、この頃から、どこへ行っても感じられたほどです」「また出版社と新聞社がこぞってバックアップしてくれたのが大きな力になり、運動が文壇・学界だけでなく、非常に広汎な人たちの支持を基盤にして行われるようになった」と続け、高見氏が倒れると、佐佐木茂索氏がついに動いてくれた、とも書いている。

文藝春秋の佐佐木茂索社長は、文学館運動の最初は、あまり乗り気ではなかった。しかしその後、新たに編成する募金委員長を快諾し、活躍してくれた。また、前記の今日出海氏は、募金副委員長となり、敷地が決定後の建築委員会の委員長にも就任した。ご存知のように今氏も鎌倉文士である。今氏は六七（昭和四十二）年四月の館報第八号に、次のような回想を記している。

「自分に縁がなく、従って最も不得意な建築と募金の仕事を担当して判ったのだが、縁がないから募金に駆け廻れるのだと。しかし骨が折れることには変りはない。実際図々しく寄付など頼み歩けるものではないのだが、どういうわけか、近代文学館の仕事に理解者が多く、快く寄付を承知して下さった財界の人々には敬意と感謝の念で一杯である。／この地味な仕事にこれだけの寄付が集ったことはどう考えても奇蹟だと思わずにはいられない」

今氏は六八（昭和四十三）年に佐藤栄作首相に請われて、初代文化庁長官となり、約四年間務めた。八四（昭和五十九）年七月に亡くなり、鎌倉カトリック墓苑に葬られた。その九月の館報五十九号に、小田切進氏が追悼文を書き、「募金も容易に捗らず難航を重ねた。しかもっと困難だったのは建築委員会だった。館建設運動は後から後から難問が出てきて、苦労を重ねながら進んだが、今さんがいてくれたので、その幾つもの難関が切り抜けられた」と回想している。今氏が飄々としながら、政・財・官界などに独特の存在感を示していたことを物語っていようか。

ただ、難渋が続いたことは間違いない。土地探しの経緯は何度も書いたが、資金集めの苦労も並大抵ではなかった。六二（昭和三十七）年から呼びかけた寄付金募集は、一か月余りで約百名からの千百万円という応募になって初期の活動費となったが、それ以後はそうトントンでもない。千円単位の個人の寄付、作家や出版社の社長らからの十〜百万円単位の寄付、出版社からの三百万円単位の大口寄付と浄財が集まり、展覧会や基金募集の色紙展の収入、その他色々な手立てを講じたが、小田切氏が書いたように、指定寄付金申請後の募金活動の目標は高かった。

六五（昭和四十）年三月の館報第六号には、建設事業費の収支概要が発表されたが、その目標は七億円だった。国庫補助金一億円、財界寄付金三億円、文壇・学界・論壇・マスコミ寄付金一億円のほかに公営競技三団体からの補助金二億円も期待した。駒場に敷地対象がほぼ確定しはじめたことを下地にした試算だった。資料の購入費などは約三千万円で、勢い資料収集は寄贈を頼りにするしかなかったといえる。六六（昭和四十一）年には、財界による募金世話人会も開かれ、募金活動の後押しとなった。

＊

さて、文庫の開設は、専門図書館としての内実を内外に明らかにすることでもあった。後には引けなかった。日常の利用者への閲覧・レファレンス業務は当然のことながら、資料の収集・整理はまだ序の口であった。図書資料委員会とその幹事会の研究者たちは、職員とともに依然として、寄贈のお願いに駆け廻り、基本図書・雑誌の購入にも苦労した。保存・整理などの実務は、例えば東洋大学の図書館学科の学生たちのアルバイトに頼むなど、協力者に頼った。

職員や協力者の中から、書誌家になった司書の青山毅氏や菊谷京子、渡辺展亭氏、総務の中江正彌氏ら、駒場の開館以後定着した職員も出た。児童文学担当の方から原祐子さんも来た。図書資料委員の藤木宏幸氏が、職場の女性と結婚して鎌倉に住んだという例もあったが、若い研究者や職員が日常一体となって活動していた象徴でもある。紅野敏郎、保昌正夫氏などの委員たちは、職員との共同研究をと気を配ってくれたが、現場はそれどころではなく、研究活動は駒場時代以後も宿題となった。

資料収集、特に寄贈の方はどうであったか。本館開館の一九六七（昭和四十二）年頃まで、のちに文庫・コレクションとして整理された資料を中心に列記すると、ざっと次のようになる。図書・雑誌以外の原稿・書簡・書画などの特別資料は文庫には置けないので、住友銀行や三菱銀行のトランクルームに保管した。

六三（昭和三十八）年に、鎌倉・由比ヶ浜の有島生馬氏宅を本多秋五氏が高見氏らを案内して訪ねたことがある。その折生馬氏と娘の暁子氏から約束された「有島武郎・生馬コレクション」は約四千四百点で、六七（昭和四十二）年に寄託、のち寄贈となった。「生れ出る悩み」などの原稿、日記、書簡、書画などの武郎資料、二千通に及ぶ生馬宛諸家書簡などがある。武郎が描いた滞欧時代のスケッチは複製され、『有島武郎滞欧画帖』として文学館最初の刊行物となった。

高見順氏旧蔵書寄贈は六四（昭和三十九）年六月に始まり、文庫の核となったが、その後も秋子夫人から「いやな感じ」など主要作品の原稿・草稿、高見宛諸家書簡、遺品などの寄贈が続き、五万点もの「高見順文庫」となっている。

また保昌正夫氏が紹介した「野村胡堂文庫」は、ハナ夫人などから、旧蔵書、石川啄木書簡など約二千六百点。本郷の古書店・ペリカン書房主品川力氏は、六三（昭和三十八）年の早い時期から、文庫や駒場に自転車で運んでくれるユニークな存在で、寄贈回数は九二（平成四）年までに千二百回を越したという。内村鑑三資料や外国文学文献まで稀覯書多数を含む「品川力文庫」二万七千点となった。

やはり六四（昭和三十九）年頃から申し入れられていた、芥川の文夫人、比呂志氏、瑠璃子氏から寄託・寄贈の「芥川龍之介文庫」は、「歯車」ほかの原稿、「河童図」「化物帖」などの書画、家族宛書簡、齋藤茂吉・夏目漱石書簡、マリア観音などの遺愛品と旧蔵の洋書・漢籍・和書など二千九百点に達する。龍之介の甥葛巻義敏氏からの芥川資料一括もこの時期である。

以下六四（昭和三十九）年では、前にも触れた「式場隆三郎文庫」が、白樺派関係図書約千五十点。「亀井勝一郎文庫」二千百五十点のほか、「津田青楓書簡コレクション」など。

六五年には、古書店主の菰池佐一郎氏から、永く熱心に収集し、大切に保存していた森鷗外資料約二千百点余を譲り受けた。「菰池佐一郎収集森鷗外文庫」で、この中のドイツ留学中の鷗外への家族からの書簡は、のちに稲垣達郎・竹盛天雄氏らを中心に翻刻に奮闘し、文学館の資料叢書の一冊『日本からの手紙　滞欧時代森鷗外宛』として刊行した貴重な資料である。この鷗外資料一括を手放すとき、菰池氏が「娘を嫁にやるような」心境だと語ったことが、担当した紅野敏郎図書資料委員らから伝えられ、以後蔵書を手放す寄贈者の気持を代弁するフレーズとして、よく使われるようになった。

この年では、広津和郎氏から直接寄贈された松川事件公判資料が話題を呼んだ。松川事件に取り組んだ広津氏の貴重資料である。娘の桃子氏から寄贈の分を含めて約四百点。「年月のあしおと」の原稿などもある。「石井柏亭文庫」は加代夫人・長男潤氏の寄贈で、四百六十二点余。画家柏亭画の里見弴・宮本百合子肖像、筆墨、著書など。因みに潤氏は、図書資料委員幹事会のメンバーだったが、早世した。

六六（昭和四十二）年の寄贈で大きな話題になったのは、「鈴木茂三郎収集社会文庫」だろう。竣工間もない十二月に、駒場に運び込まれた約一万五千点は新聞の社会面を賑わした。鈴木氏が三十年かけて蒐集してきた明治以来の民権運動・社会運動・社会主義文献で、木下尚江・幸徳秋水・堺利彦らの肉筆多数、図書・雑誌・新聞・ビラなど歴史的に貴重な資料で、勿論プロレタリア文学資料も含むが、それにしてもなぜ文学館にと、当時話題になった。欲しい大学や施設は多かったはずである。鈴木氏は十一月八日の記者会見で、「建築も設備も何から何まですばらしい文学館ができたので寄贈することに踏切った」と語った。

ほかに、相馬御風扁額、小川未明資料などの「松原至大文庫」二百七十点余や、漱石・荷風の書画、鏡花・露伴の書簡などの「麻田駒之助コレクション」もある。

六七（昭和四十二）年は開館の年になるので、寄贈は急増している。詳細は省くが、「松根東洋城文庫」「小杉天外文庫」など数多い。大磯の静子夫人から寄贈された「島崎藤村コレクション」約二百八十点は、「夜明け前」創作ノートや未発表の夫人宛書簡などで、話題になった。

文庫扱いにならない小口の寄贈はもっと多かった訳で、六七（昭和四十二）年四月の館報第八号には、「すでに七十五出版社、学校・同人など五百五十団体、四百五十人におよぶ方々から寄贈を受け、蔵書数は図書約七万冊、雑誌約六万冊、その他博物館的特殊資料五千点に達している」との記事がある。

＊

六七（昭和四十二）年の開館頃までの資料収集状況を中心に記したが、多岐にわたる事業推進と併行していたことはいうまでもない。冒頭に書いたような展覧会やイベントでは、六五（昭和四十）年に建設基金募集「現代芸術家色紙展」の二回目や「文豪・佐藤春夫展」、六六（昭和四十一）年に「生誕百年夏目漱石展」と記念講演会、「四大文豪展―紅葉・露伴・子規・漱石生誕百年―」、「高見順展」などを新聞社と共催で、都内のデパートで開催し、本館竣工後の「トルストイ展」に到る。毎年の恒例となった夏季講座も読売ホールで続けている。館報の発行など広報にも力を入れた。これらの事業はすべて池袋の事務局の仕事で、関係官庁との連絡業務や寄付・募金活動はもとより資料寄贈の窓口もこちらであったから、文庫の人海戦術的な収集・整理作業からいうと、前回に紹介したような少ない職員たちが、また別の意味で厳しく目まぐるしい実務作業を続けていたことになる。

そこで最初に戻ると、難航していた敷地が駒場に決まった。六四（昭和三十九）年十二月、東京都が駒場の旧前田邸を近代文学博物館にあてると決定してからは進展が早く、六五（昭和四十）年四月に政府は、都市公園法を一部改正して建蔽率を許容するという策を講じて、文学館の建設が可能となった。文学館は、この四月に建設許可申請書を東京都に提出、許可された。

目黒区駒場のこの場所は、旧加賀藩十六代前田利為旧侯爵邸で、二九（昭和四）年に洋館が建設され、翌年和館も竣工した。一万三〇〇〇余坪の広大な敷地に、森や馬場があり、数千本の樹木に鳥が飛びかっていた。四二（昭和十七）年には人手に渡ったが、戦後は米軍に接収され、リッジウェイ連合軍総司令官が住んだ。接収解除後は国から都に無償貸与されていた。文学館の予定敷地は北東の一角の、廃屋となった温室の跡だった。周囲には東大教養学部や日本民芸館などがある閑静な住宅地で、全体は駒場公園として整地された。旧前田邸は今は国の重要文化財になっている。

文学館の建物は地上二階地下三階、延べ一二四五坪、建坪二九四坪、建設事業費は約七億円と予定された。文学館では敷地決定直後の六五（昭和四十）年四月に、谷口吉郎、吉武泰水、河合正一氏ら建築学者、施工者・竹中工務店伴野三千良氏ら専門家と、委員長の今日出海、伊藤整、小田切進氏が加わった建築委員会を開き、急遽基本計画を六月半ばまでに用意するという強行日程を組み、さらに七月半ばに実施設計を完成した。また建築のハード面と並行して、関係者・職員らからなる建物調査会を設け、書庫・閲覧室・事務室ほかのソフト機能面の検討を重ねた。

八月早々から整地作業が始まり、十六日には起工式が行われることになった。この起工式の翌日八月十七日、高見順氏は還らぬ人となった。壮絶な晩年だった。翌六六（昭和四十一）年六月には竣工、秋には開館という慌しい見込みが立てられた。

そして九月に「高見順展」が開催された。毎日新聞社共催、会場・伊勢丹。会場入口に掲げた川端康成自筆の「高見順」は、前に一部紹介したが、痛切な送辞、最高のオマージュだった。それを写真で別掲（70・71頁）しておきたい。なお、付言すれば、日本近代文学館では、二〇一五（平成二十七）年秋の特別展として、「高見順という時代―没後五〇年―」を開催した。会期は九月二十六日〜十一月二十八日。

7　日本近代文学館と高見順

二〇一五（平成二十七）年は、高見順没後五十年ということで、展覧会や講演会が開催されて、その文学と人生を見直す機会に恵まれた。

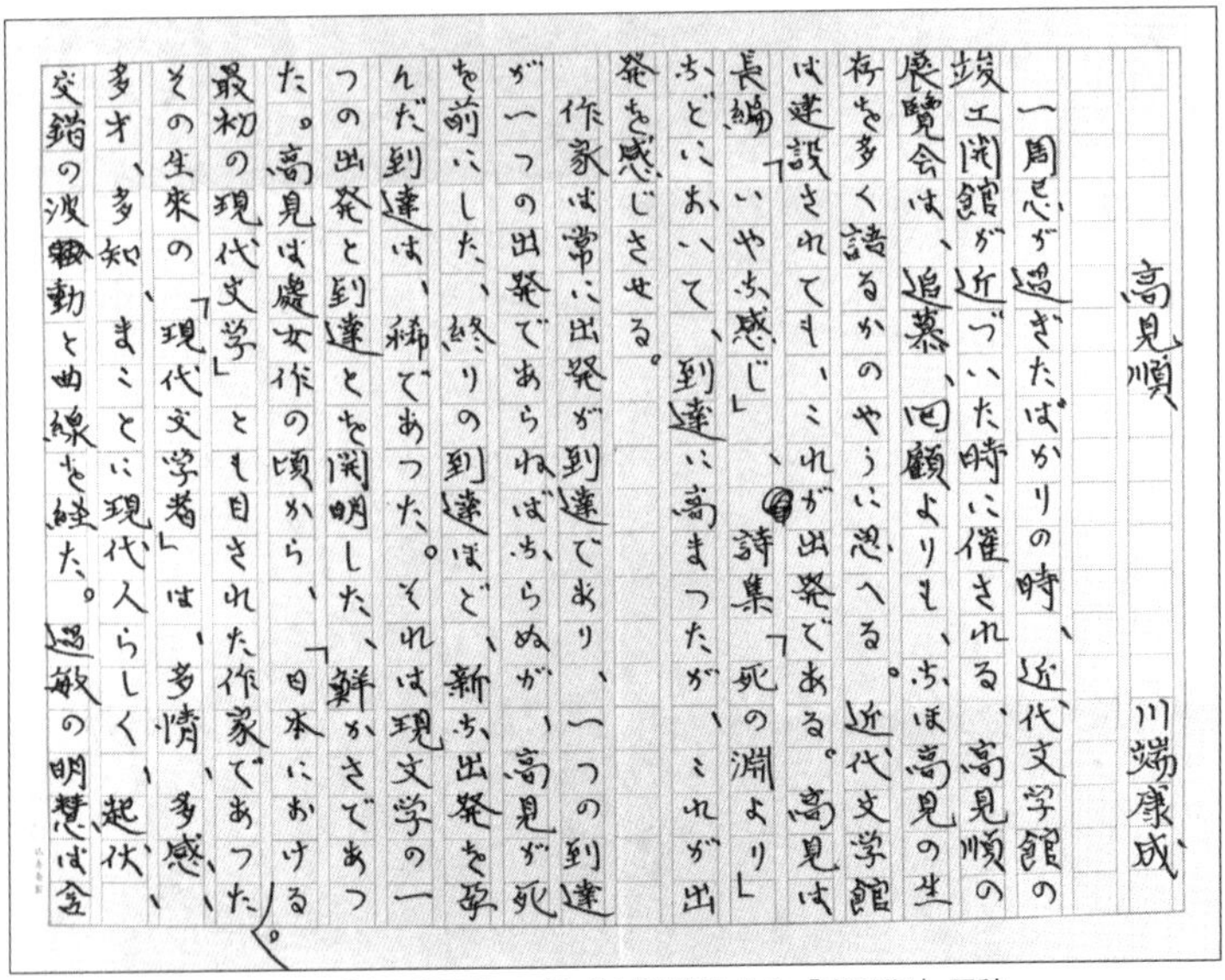
高見順　　川端康成

一周忌が過ぎたばかりの時、近代文学館の竣工開館が近づいた時に催される、高見順の展覧会は、追慕、回顧よりも、なほ高見の生存を多く語るかのやうに思へる。近代文学館は建設されても、これが出発である。高見は長編「いやな感じ」、詩集「死の淵より」などにおいて、到達に高まつたが、これが出発を感じさせる。

作家は常に出発が到達であり、一つの到達が一つの出発であらねばならぬが、高見が死を前にした、終りの到達ほど、新な出発を孕んだ到達は、稀であつた。それは現文学の一つの出発と到達とを闡明した、鮮かさであつた。高見は處女作の頃から、「日本における最初の現代文学」とも目された作家であつた。その生來の「現代文学者」は、多情、多感、多才、多知、まことに現代人らしく、起伏、交錯の波動と曲線を経た。過敏の明慧は含

1966（昭和 41）年の「高見順展」に掲げた川端康成の「高見順」原稿
写真提供：日本近代文学館

日本近代文学館では九月〜十一月に「高見順という時代―没後五〇年―」展を開催した。中島健蔵氏が、「かつて高見順という時代があった」と言った言葉を引いて、「激動の昭和を、文壇の中心のひとりとして疾走した全体像」を展示した。七部門に分けた構成で、文学館設立に関わる部分は第七部門に、ごく僅かな期間とボリュームで紹介されているに過ぎないが、重要である。展示室の一部・川端記念室でも、「川端康成と高見順」に絞って関連展示された。

これに因んで、高見順文学振興会主催の記念講演会として、九月に池内紀「高見順の蹉跌」、十一月に荒川洋治「高見順と現代」が同館講堂で開催された。講

義も謗った。しかし、懐疑と自省の紆余のな
かにも、勁切の清歌は流れてゐた。そして今
高見の終りの到達に立つて、高見の道程を振
りかへる時、そのすべては新に生きて、この
高みにのぼつて来る。みごとである。
高見順はその生の終りに、異常な傑作を
成した。精神の高揚と燃焼によつて、命を完
実させたが、それは、近代文学館の設立を推
進した、献身の行動にも現れて、世
を感動させた。そして高見は作品も人間も、
今日なほ強く生存する。その豊富、多岐、高
秀の生存は、高見の展覧会を生彩あらしめて
ゐることだらう。

談社文芸文庫では、記念の初文庫化として、自伝的長編小説『わが胸の底のここには』を刊行して、華を添えた。荒川洋治氏がＮＨＫのＥテレで何度か紹介放送もした。

また、故郷・福井県ふるさと文学館では「高見順没後五十年特別展　昭和から未来へのメッセージ」を、十月～翌年一月、前・後期二回開催し、日本近代文学館での展示は後期に移動展示した。

鎌倉文学館でも、十月～十二月に特別展「鎌倉文士―前夜とその時代―」を開催、別に高見順コーナーも設けられた。

そして鎌倉ペンクラブでも、十一月の毎土曜日に四回、早見芸術学園と共催で、秋の「公開講座・歴史と文学」を、「―没後五〇年―高見順　人と文学」として開催した。勝又浩「『昭和10年代作家』としての高見順」、川本三郎「高見順の下町彷徨」、御厨貴「『敗戦日記』を政治史家の「眼力」で読む」、高橋睦郎「詩人としての高見順」など、多角的な視座から論じられ、時宜を得た企画だった。

高見順展は過去に大小七回ほど開催されてきたが、ゆかりの鎌倉文士としてだけでなく、文学史の中で改めて見直すよい機会であったと思う。

＊

これまでに記してきたように、晩年の高見順氏と日本近代文学館は切っても切れない関係がある。同館では、創立五十周年・開館四十五周年記念に因んで、二〇一二（平成二十四）年秋の記念展をはじめ、様々な企画が進められて来たが、館報「日本近代文学館」でも、「資料でたどる文学館開館までの歳月」と題して、公式記録に基づく文学館略史を連載してきた。草創期を直接には知らない現役職員たちが、資料を探りながら記録し、断続的ながら、もう十二回連載してきた。区切りの年の記念展図録や館報で年譜的に記録されてきた以外は、館報記事を読み返すしかないという状況だったので、この努力に、エールを送りたい。

計らずも筆者の「文学館縁起」と重なっていて、草創期の発端である北鎌倉・高見家訪問の叙述から、駒場の文学館建設起工式の翌日に高見順氏が逝去する頃までを記録してきたが、つまり草創期は、高見順氏を抜きにしては何も書けないということを、双方ともに明らかにしている。

そこで、この機会にもう少し高見順氏の闘病の頃に触れてみることにしたい。

＊

高見順氏が食道癌に冒されていると判明したのは、一九六三（昭和三十八）年十月三日のことである。入院したのは五日。この何日かの出来事を、『続高見順日記』第二巻（勁草書房）や、『高見順全集』（勁草書房）月報掲載の橋爪克己氏の「十月の五日間」その他の記録と、私の記憶などを混ぜて整理してみると、次のようになる。

前に記した伊勢丹での「近代文学史展」が十月一日。開場式での挨拶とパーティーを終えて、高見氏は、旧友の橋爪氏と銀座の蕎麦屋「よし田」で昼食した。酒を飲みながら板わさ、鳥なんばんを食べていると、突然顔を真赤にして苦しみ、吐いた。橋爪氏が驚いて背中をさすった。しばらくして治まり、残りを食べて、橋爪氏の銀座の事務所に戻った。近くの文藝春秋から池島信平氏が駆けつけ、学友の中山恒明博士に連絡し、三日に中山メディカル・センターで食道検査を受けることになった。日記では、「朝から何も食べていなかったせいか／ソバが喉につかえて大苦悶。ゲッとあげる。橋爪君が心配して、池島信平君に電話」とある。「疲労甚だしく、家に帰りたいと思ったが、酒をのんだら元気が出て、丸ビルの精養軒へ」行く。日本ペンクラブの理事会、例会をこなし、巌谷大四、徳田雅彦両氏と約束していた「田岡」に行き、さらに「エスポアール」の女性が独立して、今日開店の「コロネット」へ行く。橋爪、池島、巌谷、徳田、それに姫田嘉男氏も一緒に飲み、酔った橋爪氏を、同じ鎌倉に車で送って帰る。

この姫田氏は映画翻訳家の秘田余四郎氏で、鎌倉ペンクラブ会報創刊号に「父の慟哭―高見順に寄せて」という短文を掲載している姫田あかね氏の父君で、高見氏の親密な友人だった。

二日には、宿酔のまま伊勢丹の講演会に行き、さらに小田切進氏と新宿東京会館で東宮御所の事務官や警視庁その他三十人ほどと、四日に皇太子夫妻を迎える警備の相談をし、小田切氏と夕食して帰宅。喉のつかえはなかったので、夜は「朝日ジャーナル」の原稿を書く。

三日のことは前にも書いたが、もう一度引用する。「銀座の中山ガン研究所へ行く。／研究所員の精密検査を受ける。／一時半、中山教授に会う。／食道ガン！／二カ所。直ちに入院されたしという」。食道癌の権威であった千葉大の中山恒明教授の宣告だった。友人多数が橋爪事務所に集まり、後事を種々依頼した、とある。「橋爪君が私の親友たちへ電話。明晩、〈エスポアール〉で〈歓送会〉をやろうと言う。盛大な〈歓送会〉をやると、かえって〈即日帰郷〉という場合が、戦争中、多かった。賛成だと私は言った」と日記にある。橋爪氏は、「この企てには反対もあったが、われわれのかけがえのない友を奪うガンへの怒りと抗戦でもあった」と書いている。

四日に、展覧会場での皇太子夫妻の案内を無事終え、夕方「エスポアール」に向かう。橋爪氏の文章ではこうある。

「六時頃エスポアールに現われた。入口に『祝高見順入院』と墨でかいてある。／知らせを受けた知友がすでに多く集っていた。彼は入って右手の奥に坐り、いつものテレ笑いで見舞いの応対をした。水割りを飲みおでんを食べた。二階は親しい人たちで一杯になりまだ続々と来た。川端康成氏をはじめ芸術家、マスコミ関係、知人、学友が暗然と苦い酒を飲んだ」「更めてスピーチもなく九時頃あとを引く想いで散会し、私たちはまた別のバーに行き酒杯を重ねた。田辺茂一さんや秘田余四郎（姫田嘉男）君等はこみあげるように声をあげて泣いた」

別の人の話では、エスポアールには三十余名とある。

この日の夜遅く、私たちは伊勢丹での展示の手直しなどをして、タクシーで帰路についていたが、同乗していた小田切進氏がこのパーティーの話を持ち出して、「文士たちのあの騒ぎは頂けないな」とボソッと言ったのを覚えている。下戸の小田切氏はもともと酒席は好きではなかったが、そこまで批判しなくても…、と高見氏の決断に感嘆していた酒好きの私などは複雑な思いだった。小田切氏も、後の文章で〈壮行会〉などと書いている。

入院直前の劇的な五日間はよく語られるが、その中でこの〈歓送会〉のことは配慮して触れられないことが多い。ここであえて書いたのは、こうしたことも作家の機微として知られてよいし、壮絶な生き方の証だとも思えるからである。

こうして十月五日に、千葉県稲毛の千葉大付属病院に入院した。すぐに検査に入り、注射をし、直ちにコバルト照射を受けた。闘病生活の開始である。

この後のことは『続高見順日記』第三〜六巻、あるいはそれを抄録した『闘病日記』上・下

（岩波文庫）に詳述されている。私たちが輸血に通ったのは、六五（昭和四十）年の四回目の入院の時で、十二月七日、稲毛の国立放射線医学綜合研究所病院部の病棟であった。終焉の病院である。『続高見順日記』には、五回ほど「今日は倉君が血をくれる。／輸血後、病室に倉君と青山君が挨拶に来たとき、私は、『ありがとう』と言った瞬間、涙が眼からあふれて来た」などという記述があり、こちらこそ泣きたくなる。当時の手術では、新鮮な生輸血が必要なので、職員や学生の中から同じB型を募って、輸血に駆けつけた。一人百ccか二百ccを採血した。秋子夫人は帰りにそっと紙包みをくれて、「ビフテキでも食べなさい」と言ってくれた。

私がここであえて書いたのは、高見夫妻の優しさが私たちをいつも惹きつけていたということである。文学館運動に関わっていた文学者の多くは、若い私たちに優しく、対等の目線で話をしてくれた。それだけに怖くもあったのだが、「高見さん」は、その代表格だった。

日記の第一、二巻を抄録した『文壇日記』（岩波文庫）の「編者解説」で、中村真一郎氏が次のように書いている。

「創作活動の最後の極盛期／作家としての氏の生活の中心にあったのは、氏自身の生きた昭和という時代を全体的に描きだす、数冊に及ぶ連作小説（Cycling novels）の執筆であった。／その第一巻として『いやな感じ』、第二巻として『激流』を、ほぼ並行して書き進めている有様が／なまなましくうかがわれる」

前者は内的独白体（饒舌体）で、ペンが走ったが、後者は古典的な客観小説の手法で書き進めることにしたため、遅々として進まず難渋を極めた、という。

「当時、毎月、同じホテルに仕事部屋を持った私は、氏の精神の、ふたつに引き裂かれて、ノイローゼ状態に沈湎する現場に、しばしば立ち会い、看病人兼コンサルタントの役割をつとめたものである」

このホテルは山の上ホテルのことが多く、高見氏はよくホテルから外へ出る入口の境界が越えられなくなった、という話を聞かされた。

「ひとりの作家が創作の嵐に襲われ、同時に二作も三作も構想し、メモをとり、執筆を進めながら、大概の作家だったら、そうした時期が訪れると、社会から身を退いて、自らを幽閉して仕事に専念するところであるのに、氏はその押しかぶさってくるような仕事の重圧を縫って、あるいはペンクラブ、あるいは文芸家協会、あるいはアジア・アフリカ作家会議、そして途中から最も力を入れることになる近代文学館設立のための運動という、氏が自ら「俗務」と称した仕事のために、多大の時間を割いて奔走していることである。しかも、そうした会議や交渉のあとは、必ず疲労をいやすために友人たちと深夜まで、酒に溺れている」「異様な速さで走っている車を見るような不安を感じる」「疾走ぶりが」「氏の連作小説のエネルギーとなっていたことも間違いない」

私は後年、中村氏から直接こうした長話を何度も聞かされた。そうした時、もう少し命永らえていた時の作家・高見順は、どうなっていたであろうか、と語るのが氏の筋道だった。中村氏の示唆で書き始めて乗ってきた別のスタイルの「大いなる手の影」は、発病のため途絶したが、闘病中「群像」六四（昭和三十九）年八月号に発表の詩集『死の淵より』は評判になり、野間文芸賞を受賞した。

四回もの手術と入退院を繰り返しながら、一年十カ月余の闘病生活の間、高見氏の日記は続いたし、創作活動への意欲も維持し続けた。そして、文学館運動の要所では、必ず顔を見せて挨拶するという努力も変わらなかった。長い寄り道をして記したのは、そうした人間・高見順の大きさを全体像として認識して欲しかったからである。

秋子夫人は、日記の最終日に次のような言葉を書きつけている。

「晩年の高見は、たしかに近代文学館設立のために奔走していて、事のなりゆきで、初代の理事長といったことになりはしたものの、あれは、あくまで学者の方々のお手伝いであって、文学館成立の目鼻がついたら身を引いて、ライフワークに専念したい、といつも言っていた。たまたま文学館の運動が大きく盛り上がろうとした時と、高見の病気が重なったため、文学館とそのことが結びつき、特に目立つことになったものの、高見が生涯を賭けた仕事は文学館の仕事ではなく、文学だったのだから、死ぬときは一人の文士として死なせてやりたい。伊藤整氏から最後の文士とからかわれ、本人もそれが気に入っていたようだから、文学館の高見順の死では、高見が可哀そうな気がする――」

これは、「群像」編集長だった大久保房男氏が、一人の文士としての面でのみつきあってくれたという思いから、大久保氏に末期の場にいて欲しいと引きとめた夫人の心情を記したもので、文学館運動と高見順を語る時に、心すべき言葉だと思っている。

夫人はその後も、文学館には愛情をこめてつきあってくれたし、文学館に注いだ高見氏の情熱も消えることはない。世情の諸々の批判も呑み込みながら、貫く一線を記した夫人に私たちは敬意を捧げねばなるまい。

*

高見順没後五十年ということもあって、少々廻り道をしたが、文学館建設の動きに戻りたい。これまでに開館までの資料寄贈の状況や、主だった事業のことを大筋触れたので、もう一度年譜的に整理しておきたい。年譜的には一九六四（昭和三十九）年まで記したので、それに続く。

一九六五（昭和四十）年

四月、建設予定地が駒場公園に決定。建設委員会発足。委員長・今日出海、設計委員長・谷

口吉郎。五月、建設基金募集「現代芸術家色紙展」及び春の日の会との共催で「文豪・佐藤春夫展」を西武百貨店で開催。七月、第二回夏季講座「日本の近代文学―作品編―」を読売ホールで開催。八月十六日、文学館起工式挙行。翌十七日、高見順理事長死去。九月、後任理事長に伊藤整が就任。

一九六六（昭和四十一）年

一月、生誕百年「夏目漱石展」記念講演会を朝日新聞社と共催で二回開催。三月、「四大文豪展―紅葉・露伴・子規・漱石生誕百年記念―」を読売新聞社と共催で上野・松坂屋で開催。財界による募金世話人会が開かれ、本格的な募金活動開始。五月、文学館建設工事の定礎式挙行。七月、第三回夏季講座「日本近代文学史」。九月、「高見順展」を毎日新聞社との共催で新宿伊勢丹で開催。九月三十日、文学館竣工。十月、池袋事務局を閉鎖、新館に移転。八月末に閉室していた上野の文庫も移転。十一月十一日〜十二月十八日、竣工記念「トルストイ展」を文学館全館と隣地の東京都近代文学博物館で開催。朝日新聞社と東京都と共催。大阪でも翌年一月、市立美術館で大阪市と共催で開催。ソ連文化省、外務省、文部省、大阪府が後援。十二月、鈴木茂三郎氏から「社会文庫」を一括受贈。

一九六七（昭和四十二）年

一月、「日本の詩《うた》展」を新潮社と共催で、西武百貨店で開催。四月十一日、近代文学館開館式。

十三日から公開。九月まで館内展示室で記念展示。五月四日、上野の文庫あとに「児童文学文庫」を開設。八月、有島生馬氏から有島武郎旧蔵書・関係資料を一括受託（のち受贈）。九月（〜十月）、開館記念「近代文学名作展」を毎日新聞社と共催で展示室で開催。十月一日、隣接の前田邸洋館が東京都近代文学博物館として開館。

この頃不定期に発行されてきた館報「日本近代文学館ニュース」は、高見順氏が没する二日前の六五（昭和四十）年八月十五日付の第七号のあと、六七（昭和四十二）年四月十一日の第八号まで、かなりの期間発行されていない。記録的には八号で記載されているが、詳細がかなり大まかになっている。その間いかに事務局が多忙であったかを想起させるが、前に資料寄贈の概要を記したように公式記録には落ちがないと思う。高見順氏の没後、理事や職員たちが、いっそう各事業に忙殺されたことは事実で、建設工事も急ピッチだった。小田切進氏が、第二次理事長となった伊藤整氏が、それまでよりもいっそう仕事に「本気になった」し、「倒れた高見さんが、倒れてから多くの人を動かした」と繰り返し書いている。衣鉢を継ぐという思いは共通していたと思う。

駒場公園全体も整地され、その一角に出来上がった近代文学館の白い建物は、瀟洒で知的な雰囲気を醸していた。隣接の前田邸洋館をそのまま生かした東京都近代文学博物館は逆に伝統的な洋館で、姉妹館二館は対象的な美をたたえていた。樹木に囲まれた静寂な雰囲気が、来館者に落ち着きを提供した。

因みに、白い建物の前庭は広い石畳になっているが、これは当時廃線化が進んでいた都電の敷石を敷き詰めたもので、表面は凸凹して、味わいがある。外階段の脇には浅い池を造り水を張っていた。石川達三氏自身が、この池のために自宅から蓮を沢山運んでくれたが、その後子供たちの怪我防止のために水が抜かれたので、この蓮は金魚とともに、永年屋上に生息する羽目になったなどの逸話もある。

「高見順展」のことは何度か書いた。鈴木茂三郎氏の「社会文庫」のことも記した。大きな事業として、竣工記念の「トルストイ展」のことにもう少し触れておこう。まだソ連の時代だったが、共催の朝日新聞社の協力が大きかった。館報第八号にはこうある。

「日本の近代文学と思想に大きな影響を与えた十九世紀ロシアの文豪レフ・トルストイの遺品・肖像画・彫刻・原稿・さし絵などは、これまで国外展示をされたことがなかったが、九月二十四日ソ連文化省との間に調印が終わり、この画期的な企画となったもの。／出品物は国立トルストイ博物館、ヤースナヤ・ポリャーナ・トルストイ博物館など八つの博物館から集められた約八百点で「戦争と平和」「アンナ・カレーニナ」等の肉筆原稿、書見台等の遺品など貴重資料ばかりで、日本側からは日本各地にあるトルストイのコレクション・資料など約千点が出品された」

竣工記念に国際的な展覧会をしたのは、かなり大胆だったともいえるが、すでに大がかりな「近代文学史展」をやったあとでもあり、この後も開館記念として日本近代文学の展示は企画多数なので、日本の近代文学史に関係の深いトルストイを選んだのは、好企画だったともいえる。評判はよく、志賀直哉や武者小路実篤氏ら元白樺派の大御所たちも揃って観覧にきて話題になった。その後こうした欧米作家の展覧会をしていないので、いまだにこのような企画に気持を動かされることがある。

＊

さて、日本近代文学館が、建物完成・開館という区切りまで、多少行きつ戻りつしながら記してきたが、草創期の第一歩は伝えられたかと思う。鎌倉ゆかりの中村光夫氏や里見弴氏のことなどや、児童文学文庫のことなど、まだ書き残していることもあるので、その後に抱えた文学館の課題と経緯などとともに、次に記したいと思う。

また、この時点での日本全体の文学館創立の動きなども眺め、次の神奈川近代文学館や鎌倉文学館へ話をつなぐ作業も必要なので、これも次回にまとめてやりたいと思う。神奈川となると関係者も厖大になり、話題にも近接すぎることが多く、どう按配するか悩んでいるところである。

8 上野から駒場公園に移設・開館

一九六二（昭和三十七）年に始まった日本近代文学館の設立運動は、苦労を重ねて、六七（昭和四十二）年四月に開館に漕ぎつけた。樹木と小鳥の森・駒場公園が整備され、前田侯爵旧邸の洋館は都立近代文学博物館（二〇〇二年に閉館）となり、隣接して新築した近代文学館は白亜の瀟洒な近代建築の好対照を成した。目黒区駒場の東大教養学部の広い敷地や、日本民芸館とも近接し、一帯は環境に恵まれた文化のオアシスとなった。

川端康成氏は、前にも触れたが六三（昭和三十八）年発行の『設立の趣意』の中で、「日本の誇り」と題して、「近代文学館の計画は大きく、出来上れば、世界にも類のない、日本の誇りと思ふ。近代文学館はまた現代文学館ともなり、未来文学館となるのも、私たちのよろこびである」と書き、人々を鼓舞したが、開館の年の館報「日本近代文学館ニュース」第八号でも、「慶祝」と題して同じことを繰り返し書いている。

「日本近代文学館の竣成、開館を慶祝する。このような近代文学の綜合文学館は、世界にも類を見ず、日本が初めてではないか。文学という領域は広く、文明、文化にもおよび、この文学館は日本近代の精神、世相の歴史宝庫として、あたかも「明治百年」記念事業の、顕著な一つともなった。この百年を思えば、殊に日本での近代文学館の意義は歴然とする。また、近代文学館に集成された過去と現在とは、もちろん将来を胎蔵している」

最初は無一物から出発した運動である。開館した時点でも、前回までに触れた文庫時代の、基本資料の収集・整理、相次ぐ寄贈によって次第に充実したとはいえ、まだほんのとば口であった。それにも拘わらず、川端氏のこの一貫して変わらない自信は、文学館運動に参画した多数の作家・研究者に共通していたように思われる。つまり、〈想像力による確信〉である。

高見順・伊藤整氏のような文学史を著述した作家、近代文学の研究者は、自らも多くの資料を所蔵していたが、日頃の見聞から、まだ埋もれている資料の存在を、感覚的に察知、把握していた。多分それは、全集などを担当する出版社の編集者にも共通していた認識だろう。

例えば「近代文学史展」では、遺族や様々な所蔵者からの借り物ばかり約五千点で、大展覧会を開催したが、このことによっても、いかに多くの資料が巷間に存在し、散逸に瀕しているのか想像できた。実際、この展覧会の刺激によって、多くの資料が寄贈される契機となったのである。この時の図録をもとに編纂し直した文学館編・毎日新聞社刊行の『日本近代文学図録』は、既存の写真集を凌駕する資料を満載し、散逸を危惧する収集・保存希求への機運が醸成された。建設への不安を乗り越えさせた文学者たちのエネルギーも、そうした資料の存在への想像力から維持し得たのであったろうと、今にして思われる。

＊

文学館は地上二階、地下三階の延べ四一一五平方メートル（一二四五坪）。地下二階に三十五万冊収蔵可能の電動式稠密書庫と、十万点収蔵可能の特別資料収蔵庫、地下一階に閲覧対応・十五万冊収蔵可能の一般書庫と事務室。地下三階は冷・暖房空調機械室。一階には八十席の閲覧室と目録カードケースを設置した広いセンターホールとレファレンスカウンターがあり、奥に事務室、脇に喫茶室も設けられた。二階には二〇〇平方メートルの展示室と百七十席の多目的講堂、研究個室七室など。炭酸ガス消火設備や資料消毒器も設置、専門図書館としてのひと通りの機能を備えた文学ミュージアムが、やっと誕生したという訳である。

開館以来閲覧者は増え続け、研究者や出版社の編集者らに重宝された。学生時代に静かな閲覧室で過ごし、のちに作家になった人たちをも育んだ。

資料は予想通り、文庫時代から引き続いて寄贈がひきも切らず、また基本資料の充実に、図書資料委員会はさらにめざましい活動を続行した。この委員会は稲垣達郎氏を委員長とする、紅野敏郎・保昌正夫氏らの熱心な学者グループで、学習会などもやり、「図書資料委員会ニュース」なども発行した活動的な委員会で、現在に到っている。

文庫から移った図書資料部は、収集・整理保存と閲覧・レファレンスサービス業務に忙殺されたが、そのうち特別資料担当者は、展示室での常設展示を担当し、また原稿や書簡などの翻刻も進め、館報などに公開していった。

一方、池袋事務局で文庫以外の事業の一切を担ってきた総務部は、維持会・館の会活動を含めた寄付活動の推進、広報、講演会・講座等の開催、文芸雑誌複刻版の刊行などの出版活動と、引き続き多角的な活動に取り組んだ。

文学館活動は、やっと拠点に腰を据えて、定着した仕事を進められるようになったのである。

さて、この約五年間を〈草創期〉と呼ぶか、さらに数年後までの過渡期を加えるかは、解釈の分かれるところである。同館は例えば、財団創立十年・開館五年というふうに、初期の五年をまとめて捉える表現をして来たので、それに倣えば、草創期五年が解りやすい。従って本稿も、ここで区切っておくのが妥当かと思われる。ここでは、これまでの遺漏をもう少し埋め、その後の主要な動きを若干記録するに留めたい。

＊

上野の国立国会図書館支部上野図書館の一画を借りて開設していた「日本近代文学館文庫」は、駒場へ引っ越したあとどうなったか。前に年譜で一行触れていたように、一九六七（昭和四十二）年五月、「上野の文庫あとに『児童文学文庫』を開設」とある。このことはもう殆んど忘れられているので、念のため記録しておきたい。

理事会では、児童文学委員会が主体になって、前年秋から検討を進めていた。「日本近代文学館分館・児童文学文庫創設の趣意」のパンフにはこうある。

「国会図書館の好意的なはからいによって、この由緒ある建物の内部に」「念願としていた近代日本の児童文学関係の資料館を設け、運営することを決定いたしました」とし、児童文学の本や雑誌は、「消耗・散逸の度が非常に高いという特性があり」「強力に蒐集・保存の方法を講じておかないならば、近代日本における児童文学の研究ははなはだ困難となり、その全貌は歪んだかたちで後代に伝わることになりかねません」

趣意書は高見順氏の没後、二代目の理事長となった伊藤整氏と児童文学委員の福田清人・藤田圭雄・滑川道夫氏ら十五名の名で発表され、児童文学界の長老、坪田譲治・浜田広介氏も賛同文を載せた。事業の大要は日本近代文学館とほぼ同様だが、「児童文学研究者の養成」をうたうなどの特徴もある。開設をした当座は講談社を中心にした出版社などや個人から寄贈の図書・雑誌が一万冊弱だったが、その後藤沢衛彦氏旧蔵資料なども寄贈され増加していき、閲覧者も定着していた。しかし、一般文学書利用の利便や経済的ロスを考慮して閉室し、七〇（昭和四十五）年四月、駒場の本館に移動、合流した。担当の中心だった職員の原祐子さんも帰館した。短命の文庫だった。

実は、高見順氏が最初期に声をかけた前田久吉氏が、文学館用地として、千葉県鹿野山の房総農場＝サマーランドを勧めてくれたことがある。高見氏ら主要メンバーが見学に行ったが、遠隔地であり、見送られた。だが、ここの展望館の一画を「日本児童文化館」にという、前田氏の要望に呼応して、児童文学者たちが尽力した。六五（昭和四十）年八月に、児童関係図書・雑誌の小展示場として開館、暫く継続したエピソードもある。もう忘れられてはいるが、児童文学者たちは、そういう形で苦労を重ねたということも、記憶しておきたいと思う。

＊

「鎌倉の文学者たちによせて」を副題にしながら、どうしても中核であった高見順・川端康成氏に偏重せざるを得なかった。しかし冒頭に書いたように、設立発起人や理事・評議員に多くの鎌倉ゆかりの文学者が名を連ねたのは、繰り返すまでもない。大佛次郎、大岡昇平、小林秀雄氏ほか、講演・講座、執筆、資料提供など多くの協力があった。今日出海氏のことは募金活動の時に触れた。有島三兄弟の有島生馬・里見弴氏には資料寄贈、出品等で常に恩恵を被った。有島武郎資料の寄託・寄贈では生馬氏からまとまった資料が贈られたことは前に書いた。里見氏には資料提供だけでなく、後に「人間」などの雑誌の複刻版でも世話になり、子息の山内静夫前鎌倉文学館館長にはずっと協力を戴いてきた。

なかでも、中村光夫氏の働きを強調しないわけにはいかない。同氏は高見・伊藤氏が官公庁や国会図書館などと交渉する時などにも同行し、渉外委員長にもなっている。一九六四（昭和三十九）年十二月に、朝日新聞社と共催した京王百貨店での「二葉亭四迷展」では、編集の中心になった。仏文学者で評論家として戦前から活躍してきた中村氏は、二葉亭研究者としても豊富な資料を所蔵していた。文学館恒例の読売ホールでの〈夏季講座〉では、毎年の常連講師でもあった。中村氏のとつとつとした語り口は、かえって魅力的で人気があった。

八八（昭和六十三）年に没したとき、小田切進氏は追悼文の中で、草創期の骨折りに触れながら、「東京でも、神奈川でも、何とか軌道にのった、という時点に達するまでは熱心で、あとはもう全く出てこられなかった」「人としても見事だった」と書いている。これは同年十月の館報「神奈川近代文学館」第二十二号に掲載した追悼文。中村氏は、神奈川近代文学館発足の際の五人委員会の一人であり、同館を運営する神奈川文学振興会の常務理事を務めた。そんな縁から、同氏の貴重資料は、没後すべて神奈川近代文学館に寄贈されて中村光夫文庫となっている。

神奈川近代文学館のことは改めて触れるつもりなので、ここでは省くが、資料寄贈に関していえば、鎌倉文士のひとり大岡昇平氏の資料も駒場ではなく、神奈川に寄贈された。縁というものは面白いものだと思う。

＊

さて日本近代文学館は、開館直後から運営面での難問に悩んでいた。寄付によって建物は立派に建ったが、その維持管理、人件費等の毎年の必要経費がおぼつかない。建物が建ったら寄付はすんだという世間の常識もあるが、ともかく大口の寄付は減り、維持会・館の会のような会費収入には限りがある。散逸甚だしい文芸雑誌の複刻版刊行は、資料収集・保存と普及の両面の役割を果たす事業ではあったが、収入は少ない。国庫補助金一千万円を得られる期間もあったが、これもやがて打ち切られた。

いろいろな事業をこなしながらの憂鬱な数年があった、という暗い思い出がある。前に出た前田久吉氏の好意で、東京タワー五階の会場を一年拝借出来るようになり、一九六七（昭和四十二）年一月から「社会と文学の歩み展」という写真パネル中心の展覧会を開催したが、期待した観光客の集客も乏しく、設営費赤字のまま八月に打ち切り、職員一同で無念の解体作業をした、などという文士の商法的悲喜劇も経験した。こうしたことは、もう誰も記憶していないだろうと思われる。

深刻な状況の中で、遭遇した活路が、六八（昭和四十三）年九月から刊行が始まった「名著複刻全集」シリーズであった。これは前年から始めた「文藝時代」「四季」「文藝戦線」「赤い鳥」など稀少文芸雑誌の複刻に連なる発想の事業であった。㈱図書月販（㈱ほるぷ）という協力会社の出現によって、文学館がリスクなく収入が得られる道が講じられ、同時に稀少初版本の探索・蒐集・保存と普及を兼ねた事業として、この後の文学館を救うことになった。この話や、講談社の肝いりによって、七七（昭和五十二）年十月に刊行した『日本近代文学大事典』全六巻のことなどは、一大エポック事業なのだが、ここまでくると、話は過渡期時代に移って長くなるので、またの機会にしたい。

エポックといえば、この時期大きな展覧会では、前にも触れた「川端康成展」がある。鎌倉文士の中心の一人であり、文学館運動の柱の一人でもあった川端氏に触れて本稿の区切り目としておきたい。

六八（昭和四十三）年、川端康成氏は日本人として最初のノーベル文学賞を受賞した。それを記念して六九（昭和四十四）年四月から毎日新聞社が主催する「川端康成展―その人と芸術―」が東京・大阪・福岡・名古屋四都市の百貨店で開かれたが、日本近代文学館は文化庁などとこれを後援した。伊藤整・小田切進氏をはじめ文学館関係者が編集と実働に携わり、この展覧会の入場料収入は川端氏の意志により、主催者や百貨店の好意で、文学館の維持費に寄付された。

そして、草創期より下るが、川端氏が七二（昭和四十七）年四月に没した直後の九月から、今度は日本近代文学館主催で「川端康成展―その芸術と生涯―」が開催された。文化庁や各開催地の教育委員会と各地の新聞社が後援した。東京・仙台・静岡・京都・大分・札幌・水戸・川崎・岡山・名古屋・大阪・福岡の十二都市の百貨店を巡回した。入場料収入から一千万円が文学館に寄付され、展示室の一画に川端康成記念室が設営されて、今日に到っている。川端氏

2014（平成 26）年にパリで開催された「川端康成展」関連の仏語版パンフレット

が遺してくれた恩恵は大きい。

二〇一四（平成二十六）年にパリで川端展が開催された。九月十六日〜十月三十一日、パリ日本文化会館での〈日本近代文学館創立五〇周年・開館四五周年記念〉「川端康成と『日本の美―伝統とモダニズム』展」。同館とフランス国立東アジア文化研究所の共催。ヨーロッパで初めての日本近代文学者の本格的な展覧会となった。内外研究者のシンポジウムなども行われた。子息の川端香男里氏が、翌年の鎌倉ペンクラブの納涼会で報告されたことは、記憶に新しい。記念すべき記録である。

＊

目を転じて、この時期の日本の文学館的施設はどのようであったろうか。日本近代文学館開館直後の一九七〇（昭和四十五）年頃までを見てみよう。

文学館運動が起こった頃は、私などには極めて乏しい知識しかなく、国会図書館や、各大学の図書館、東洋文庫、三康図書館、松竹大谷図書館などが耳目に入っていた。「近代文学史展」

の資料提供者には早稲田、慶応、立教、日本、天理、昭和女子大などが並んでいる。図書館・研究室・演劇博物館等、文学書の豊富な大学である。鷗外記念本郷文庫（のち図書館）、蘆花恒春園、小田原図書館、前橋図書館などもある。東北大学図書館の漱石文庫、函館図書館の啄木文庫なども知られていた。

いちばん古い文学館として著名なのは、長野県木曽郡山口村馬籠の藤村記念館だろう。現在では岐阜県中津川市馬籠と地名が変わっているが、観光地でもある中山道馬籠宿に、学生時代に出かけた人も多いのではないか。藤村の残した資料が豊富にあり、本陣跡の隠居所もある。村の青壮年百名が「ふるさとの会」を結成して、「文豪藤村を顕彰する」施設を造ろうと動き、全員が労働して、建築家・谷口吉郎氏の設計に基づき落成、五二（昭和二十七）年に開館した。㈶藤村記念郷が運営する、最も早い時期の運動といってよい。五八（昭和三十三）年に開館した長野県小諸市の藤村記念館も、谷口氏設計の懐古園とともに旅行者の記憶に残る所である。藤村は恵まれた作家と言えようか。六一（昭和三十六）年開館の東京・台東区の一葉記念館も地域の人々が動いている。福岡県柳川市の北原白秋生家跡や静岡県伊東市の木下杢太郎生家跡も、やがて記念館に発展して行く。

全国レベルの文学館運動が始まる前にも、各地にはそれなりに保存・継承の努力があったのである。一葉記念館のあと、六二（昭和三十七）年、文京区立鷗外記念本郷図書館、六六（昭和四十一）年、高村光太郎記念館が開館、六七（昭和四十二）年の日本近代文学館、都立近代文学博物館開館の翌六八（昭和四十三）年には山形県上山市に齋藤茂吉記念館、金沢市に石川近代文学館が開館した。七〇（昭和四十五）年以後は、岩手県に石川啄木記念館、静岡県に芹沢光治良記念館、世田谷区の大宅壮一文庫などと、続々と増え始める。

早くから運動を展開していながら、建設・開館に難渋したところも多い。中でも北海道は、東京と呼応したように六七（昭和四十二）年から地元の文学者、更科源蔵、沢田誠一、小笠原克、木原直彦氏らが運動を興して相当の資料を蒐集し、札幌市の資料館の一画に保存、展示もした。小樽出身の伊藤整氏が相談役だった。しかし、財団設立が八八（昭和六十三）年、北海道立文学館として建立・開館したのは九五（平成七）年。何とも長い道程で、札幌の文学展などで協力してきた私たちをやきもきさせた例もある。

ともあれ、日本近代文学館の運動は、全国各地に波及し、文化財である文学資料蒐集・保存の機運が浸透したことは間違いない。折からの高度成長期ということもあったが、自治体の文化行政も進んだわけである。

＊

神奈川県で言えば、一九七八（昭和五十三）年に横浜市港の見える丘公園に大佛次郎記念館、八四（昭和五十九）年に隣接して神奈川近代文学館、八五（昭和六十）年に鎌倉文学館が開館した。このあと開館の川崎市市民ミュージアムや、小田原文学館、三浦市の北原白秋記念館も忘れてはなるまい。

一九九五（平成七）年に、全国文学館協議会が発足して、加盟館の会合・連携協力が進み、現在では加盟九十八館を数える。北海道の木原直彦氏が自ら訪問し、調査してまとめた文学館類似施設は図書館内の小さな文庫なども含めて五百を越える賑やかさで、いささか驚嘆する。

日本近代文学館は運動を起こし、全国の中核館となっているが、未だに文学者たちの独立独歩の運営状態を維持している。資料は約百二十万点、文庫・コレクションも百五十五。講座・講演会、資料叢書ほかの刊行物、展覧会その他の事業の実績も五十年分の重厚さを備えてきた。川端氏らの想像が、着実に実った姿がある。しかしその運営は独歩なだけに、なお厳しいものがある。

Ⅱ　神奈川近代文学館草創期

1　公立民営で港の見える丘公園に開館

一九六七（昭和四十二）年、東京・駒場に日本近代文学館と都立近代文学博物館が開館したことが大きな刺戟となって、それまで散発的だった文学館創設の動きが全国規模となった。その一端は前に触れたが、これからは、縁の深い神奈川近代文学館の草創期に話を移したい。

同館が横浜・港の見える丘公園の一画に開館したのは八四（昭和五十九）年十月。同公園には既に七八（昭和五十三）年五月に大佛次郎記念館が開館していた。隣接館だが、細い谷間で隔たっていて、まだ霧笛橋はなかった。大佛次郎は鎌倉・横浜両方に縁の深い作家である。そして鎌倉文学館は翌八五（昭和六十）年十月に開館する。

神奈川近代文学館にも前史があり、開館は八四（昭和五十九）年だが、準備期のドラマというものがある。その開館以前の動向を中心に追ってみたい。私は開館直後の八五（昭和六十）年四月に日本近代文学館から出向勤務したので、それ以前のことは実感として把握していない。伝聞と記録で凡そは理解しているが、幸い記録としては二〇一五（平成二十七）年に刊行された『神奈川近代文学館三〇年誌』という、詳細な記録誌がある。私が在任中にも『神奈川近代文学館一〇年誌』を編んだが、それより遥かに詳しい記録なので、骨子はこれに拠る。

＊

一九七九（昭和五十四）年、「鎌倉文学史話会の代表が八月一三日、長洲一二知事を訪れ、近代文学館建設を提言したのが、当館創設のそもそものきっかけだった」という書き出しで、「三〇年誌」は始まっている。定説となっている出発点だが、鎌倉にも縁の深い話なので、もう少し詳述しておきたい。この経緯は鎌倉ペンクラブ会員でもある郷土史家・清田昌弘氏の労作、『かまくら今昔抄六〇話第二集』（二〇〇九〈平成二十一〉年、冬花社刊）の「鎌倉文学館事始め」に詳しい。以下はその神奈川近代文学館に関わる部分に拠る。

「鎌倉文学史話会」は市内有志の「鎌倉文学散歩の会」の研究を引き継ぐ形で、七五（昭和五十）年に結成された。鎌倉文士の一人、後の鎌倉文学館二代目館長で芥川賞作家・俳人の清水基吉氏が代表で、郷土史家の木村彦三郎・金子晋氏、図書館長の澤壽郎氏、元新聞記者の門馬義久氏ら十人ほどの会員で始まったという。

七八（昭和五十三）年まで八年間鎌倉市長だった正木千冬氏は、地元のオピニオン誌に「鎌倉に文学館を造ろう」という一文を書いたことがあるそうだが、ある時、箱根の県市長会の帰途、長洲知事の車に同乗し、「鶴岡八幡宮境内に県立近代美術館のある鎌倉に文学館も必要だと話をもちかけた」という。正木氏は七八（昭和五十三）年八月に三期目の市長に落選したので、「鎌倉文学史話会」は、十二月に渡辺隆新市長に、「鎌倉文学館を設置することについての陳情書」

を提出した。そして翌七九（昭和五十四）年八月、史話会の清水、門馬氏らが県庁に長洲知事を訪ね、「近代文学館設立の要望書」を手渡す、という最初の行動になる。知事は検討を約束した。「三〇年誌」の冒頭では、史話会の提言を受けて、長洲知事は、「文学との関わりがとりわけ深い本県においては、行政が進んで取組まなければならない仕事であると判断し、直ちに提言の実行を決断した」と記されている。知事は、文学のような分野は行政が入り込んではまずい面もあると判断、文学者たちが自立で開館した日本近代文学館に支援を求めたが、この時の橋渡し役が長洲氏の教え子の清水節男氏だった。清水氏は日本近代文学館草創期からの職員で、当時同館の総務部長だった。小田切進理事長と長洲知事との会談はまず十月三日の横浜で始まり、その後知事も東京に出向いた。直属の県民部役職者も調査・相談に派遣した。敏速な対応はこの清水氏の仲介なしには語れない。

初期の錯綜したドラマには、記録的な文章には表現できない、裏の動きというものがあるはずである。鎌倉の動きが真っ先であったかどうかは、必ずしも断言できないのではないか、と私などは類推する。日本近代文学館運動は全国に周知され、各地に文学館設立の機運があった。学者の長洲氏も多分よく知っていただろうし、それに、情報源として、清水氏という愛弟子が存在していた。ある程度の予備知識もあって、そこに鎌倉からの提言がタイミングよく登場したのではないか。清水氏も微妙なところは別として、草創期のことはよく話してくれたので、長洲氏との阿吽の呼吸というものが推察できる。

日本近代文学館は独立独歩の運営で、何かと苦しい面があった。展示室なども狭く、書庫もやがて満杯が想定できた。全国規模の文学館がもう一つあってもおかしくはない。それが公立で出来れば運営の苦労も多少は軽減される。などと、小田切氏や清水氏が考えても不思議ではない。文化遺産の蒐集・保存・継承・公開の目的をさらに広げることができる訳である。

最初は、役所が造る文学館の不成功をあげて翻意を促した小田切氏だが、「姉妹館として相互に協力し合う、全国に誇りうる文学館をぜひ建設したいという知事の構想と、その実現にかける熱意についに動かされて協力を決意」したという記録だが、小田切氏もやはり敏速に対応した。

開館直後の八四（昭和五十九）年十二月発行の館報「神奈川近代文学館」六号に、小田切進理事長の「公立民営で実現」という文章がある。開館時には小田切氏は日本近代文学館の理事長であるとともに、神奈川文学振興会の理事長兼県立神奈川近代文学館館長でもあったのでややこしいが、その当時のことをよく語っているので、やや長いが引用する。

「図書館や博物館、美術館とちがって、まだ歴史の浅い文学館や文学記念館は、〈公立公営〉では成りたちにくい、と考える」「なぜこの方式を採ることになったたか、県にさえ知らない人が多い。神奈川の館の記録としても残しておいた方がよいだろう」「長洲一二知事から熱心な依頼があった時、わたしは昭和五十四年秋から翌年春へかけて、尾崎一雄、井上靖、中村光夫、今日出海の四氏と、日本近代文学館の建設・運営に苦労を共にしてきた理事諸氏に相談しながら、幾つかの案を県で検討してもらった。また、日本文芸家協会の理事会にもはかり、諒解を得た」「県立の文学館建設・運営の原則は次に掲げられる六項目に亙っている」と書き、概略次のような提案をした。

「神奈川ゆかりの文学を中心に、児童文学と大衆文学の資料文献を収集し保存・公開する」「よい環境に、耐震・耐火を十二分に考慮し、一級資料を収蔵できる堅牢で安全な建物を建てる」「一級の大型ミュージアムにし、多種多彩な展観・催しを行うため、日本近代文学館の二十年にわたる経験・蓄積を生かし、その全面的バックアップを受けて建設運営、将来は相互に補完しあえるよう姉妹館とする。そのことを県の広報誌紙などに、必ず明記する」「創立・運営を、文学者・学者を主とし、それに県関係者が加わる財団法人にゆだねる」「完成には十年、二十年を要するしごとなので、県議会にはかり、同意が得られたら、速かに〈公立民営〉方式が軌道にのるようにする」「財団法人の職員の待遇は県職員と基本的に同じとする」

開館直後の回想なので、改めてのダメ押しのようにもとれるが、それだけまだ心配でもあったと推察される。当時〈神奈川方式〉と言われた公立民営案は全国的に評判になったが、また初めての実験でもあった。

これに対して長洲知事は、右の提案を責任を持って実現すると応じたという。

小田切氏が奔走し、尾崎、井上、中村三氏の賛同を得て、これに小田切、長洲両氏が加わる建設準備懇談会（通称五人委員会）が七九（昭和五十四）年十一月に発足した。翌八〇（昭和五十五）年三月の県議会で文学館建設が承認され、四月から知事直属部局の県民部文化室が所管することになり、専従の県職員二名を配属、本格的な準備が始動した。博物館・図書館のように教育委員会管轄にしなかったところにも知事の思い入れが窺えようか。五人委員会は建設地、建物の規模、事業の全般ほかハード・ソフト両面の基本問題を協議していった。それに沿って、知事は開館後の文学館運営を、文学者で構成する財団法人に委託する意向を固めた。公立民営という画期的な方式であった、というわけである。

こうして検討が進められる中で、同年十月、県は建設予定地を横浜市中区山手町の港の見える丘公園に決定し、知事が記者発表するに至った。横浜市は同公園の土地を無償貸与するという条件を出していた。

横浜・鎌倉・小田原・厚木・相模原・大磯の五市一町からの誘致もあった。地元出身文学者の多い小田原市も熱心だったという。

県知事は、直後に鎌倉文学史話会の澤・門馬氏らに不採用だったことを報告し、陳謝の意を述べたという。鎌倉は、言い出しっぺの栄誉を得たということになろうか。だが、この意欲はいずれ触れる鎌倉文学館創設の動きに繋がっていくわけで、このまま終わった訳ではない。

＊

文学館創設の計画を県民に周知し、機運を盛り上げるために、日本近代文学館運動でも経験済みの文芸講演会が企画され、一九八〇（昭和五十五）年十月、県民ホールで旗揚げ講演が開催された。五人委員会の井上、尾崎、小田切、中村氏が講演した。以後八一（昭和五十六）年十月から、秦野、大井、大和、津久井、小田原、横浜、相模原、藤沢と、県内全域で講演会活動を展開。講師は五人委員会の四人と財団事務局長の古山登氏をはじめ、水上勉、曽野綾子、城山三郎、三木卓、安西篤子、中里恒子、遠藤周作、江藤淳、永井路子、阿川弘之、古山高麗雄、中村真一郎、小島信夫氏らで、当時の文壇の大物が顔を揃えて応援した。

また、建設推進懇話会なるものも開催され、八一（昭和五十六）年から翌年にかけて県内文芸団体代表、作家、研究者や、図書館・博物館など類似施設関係者らとの集いが持たれ何度か意見交換もしている。建設準備地の公園の整備や工事について横浜市と協議、地元自治会への協力要請や、建築基準法に基づく公聴会開催など、細かな対策が進む。設計者はすでに大佛次郎記念館と同じ浦辺（鎮太郎）建築事務所に決まっていた。建設は清水建設、展示設計は丹青社に決まった。工事は八二（昭和五十七）年八月、清水建設主催による地鎮祭を行い、着工した。完工は八四（昭和五十九）年三月である。

財団法人神奈川文学振興会は、八二（昭和五十七）年一月に五人委員会で発起人会を開催、設立趣意書を議決・提出し、四月一日に認可が下りた。「三〇年誌」には、「古山登事務局長以下計七名（県職四名、プロパー三名）の事務局は、県庁近くのビルに間借りした準備室でスタートした。この日から文学館運営事業が県から振興会に全て委託されることになった」とある。公立民営方式の出発である。

古山登氏は古山高麗雄氏の弟だが、小田切進氏の改造社時代の親しい同僚編集者で、集英社から呼ばれ、八〇（昭和五十五）年九月に神奈川県県民部参事として赴任していた。プロパー三名は、社会運動経験者の斉藤充氏と日本近代文学館の退職者で広報・出版等の経験者の川島かほる氏、それに藤野正氏である。川島氏についてはこれまで高見順氏のところなどで紹介した。藤野氏は東大在学中から日本近代文学館にも通い、同館の協力者でもあったが、両館合同の正規の採用試験に合格し、この八二（昭和五十七）年四月に神奈川近代文学館の最初の職員として派遣された。準備期の空気を体感している存在である。さらに十月には高橋祐子、西村洋子氏ら三名を採用して、総勢十名での事務局態勢となった。

四月二十四日に開かれた理事会の写真が「三〇年誌」に掲載されているが、場所はホテル・ニューグランドで、長洲知事と、尾崎一雄、巌谷大四、庄野潤三、福田清人、村松喬、滑川道夫、藤田圭雄氏らが写っている。小田切氏らを含む二十名の出席で、このとき尾崎一雄氏が名誉館長に推挙された。

尾崎一雄氏は、日本近代文学館の展示等に資料を出品してくれた、貴重な文芸雑誌や初版本などの蔵書家として知られていたが、早くから蔵書寄贈の意向を持っていたようである。のちの小田切氏の追悼文によると、八三（昭和五十八）年三月七日に小田切氏に電話で、「五月に蔵書資料一括寄贈の発表をしてもよい」と言われたそうである。三月三十一日の逝去の直前であった。

日本近代文学館の完工・開館直前に亡くなった高見順氏の〈高見順文庫〉が日本近代文学館の最初の中心的な資料となったように、尾崎氏も完工・開館前に逝去し、〈尾崎一雄文庫〉が、神奈川の最初の中心的資料として寄贈され、記念室に収蔵されることになる。時を隔てて、高見氏と尾崎氏の無念の思いが重なるようである。

日本近代文学館のときもそうであったが、文化遺産である日本の近代文学資料の収集・保存・整理という課題に正面から取り組むためには、先ず基本的な資料がなくてはならない。独立独歩の日本近代文学館とちがって、神奈川県は予算によって基本図書・雑誌等の資料は、古書店などから一挙購入という策がとられる。しかし貴重資料の収集には、作家や研究者やその遺族との接触が不可欠で、特に小田切氏が六項目に触れていた児童文学や大衆文学にも力が注がれた。開館までの資料の収集状況を俯瞰すると、文庫になったものでは、寄贈順に、〈藤田圭雄文庫〉三万四百三十点、〈獅子文六文庫〉三千四百五十点、〈滑川道夫文庫〉四万三千九百点、〈尾崎一雄文庫〉四万七千七百四十点、〈杉本三木雄文庫〉一万千二百点、〈神西清文庫〉千九百点、〈木下杢太郎文庫〉一万三千八百点、〈大野林火文庫〉五千四百点などがある。もちろん図書・雑誌だけではなく原稿・日記・書簡・遺品類など特別資料多数が含まれ、数量は後に追加されたものも加算されている。また夏目漱石書画など、少数でも貴重な資料が数多く寄贈された。

開館までの資料の保管先は、藤野氏の記憶では、県立博物館や埋蔵文化センターなどであったという。整理基準は日本近代文学館の分類・整理方法をもとに、さらに改善し、保存についてはこの時期より進んだ方法が開発されていたので、それを採り入れた。藤野氏は東京国立文化財研究所を飛び込みで訪ね、知恵を借りながら、大いに世話になったと話している。

＊

神奈川を代表する文学館であるから、当然鎌倉ゆかりの理事・評議員も多い。一九八二（昭和五十七）年四月に発足した最初の財団組織で見ると、ざっと次のような人々がいる。

顧問の今日出海、里見弴、永井龍男氏、専務理事の中村光夫氏、理事・評議員の安西篤子、石塚友二、井上ひさし、江藤淳、岡松和夫、川端香男里、澤壽郎、清水基吉、田村隆一、中野孝次、平山城児、藤木宏幸、富士川英郎、北条秀司、三木卓、山田肇、吉田秀和の各氏。中野

氏は新婚時代に在住。後に二代目理事長となり、安西氏も三代目理事長になった。

直近の逗子や葉山の江森國友、城戸又一、草間時彦、小島直記、中里恒子、堀田善衞、本多秋五氏らもゆかりとして数えると錚錚たる顔ぶれである。直後に大岡昇平、尾崎左永子、早乙女貢氏らが加わり、下って春名徹、山本道子、富士川義之氏、さらにその後の富岡幸一郎、藤沢周、新保祐司、米原万里氏らに続く。物故した人も多いが、現在の鎌倉ペンクラブ会員も多い。

日本近代文学館のときには特別に際立って見えたが、神奈川に来ると鎌倉ゆかりを特筆しても意味があるのかという気にもなる。逗子、葉山はもとより、藤沢、三浦、茅ヶ崎、それに横浜市の近接の各区などにも、ゆかりと呼んでいい人々が大勢いて、何らかの関わりを持っている。例えば斎藤栄、佐江衆一、山田宗睦氏ほか数えたい人々が多い。県内は広いが、また一つの地域なのである。

明治以来の趨勢をみると、神奈川ゆかりの文学者は一極集中の東京は別として、全国屈指の数になる。八四（昭和五十九）年十月に神奈川近代文学館が開いた開館記念の『近代文学一〇〇年と神奈川展』図録には、神奈川ゆかりの文学者六百五十二名のリストが掲載されている。これは準備に先だち『日本近代文学大事典』収録の文学者を抽出したもので、そのうち展示には二百四十名の仕事を紹介した、と巻頭の小田切進氏の挨拶には書かれている。

大事典に洩れた文学者もあるだろうし、この時期より後に関わった人々も多いから、この数は下限と考えてよい。

かつて神奈川県が「かながわの文学一〇〇選」として百人百作を選んで発表、冊子にもしたことがある。県民部文化室が企画し、私たち神奈川文学振興会はオブザーバーとして何百人かの資料作りを手伝ったが、選択・決定したのは地元の文化人委員たちだった。百名に絞ること自体が無理でもあるのだが、案の定、例えば中山義秀を落として顰蹙《ひんしゅく》を買ったりした、苦い思い出がある。

つまり、神奈川県は文学者にも恵まれているし、舞台にも恵まれていて豊穣なのである。長洲知事や小田切氏、それに文学館運動を熟知してきた清水節男氏などが、この神奈川に全国レベルで地域性も包摂した豊かな文学ミュージアムの可能性に辿りつくのは必然であったと思われる。

2　公立民営の神奈川方式

先に神奈川近代文学館創設の端緒が、鎌倉文学史話会の陳情にあったという経緯を、鎌倉ペンクラブ会員でもある郷土史家・清田昌弘氏の労作、『かまくら今昔抄六〇話』に拠って紹介したが、その清田氏が二〇一七（平成二十九）年三月に逝去された。哀悼の意を捧げたい。

*

さて神奈川近代文学館の草創期の話を続けたい。この範囲をどう見るかが意外と難しい。日本近代文学館のときは、設立運動から開館直後までの約五年間に絞り、語りたかった過渡期の『名著複刻全集』『日本近代文学大事典』や資料叢書刊行のことなどを諦めた。それに倣うと、神奈川もやはり開館時の約五年ということになるが、後の増改築などを考慮すると若干不充分な気もする。

前にも触れたように、すでに二〇一五（平成二十七）年に編まれた『神奈川近代文学館三〇年誌』があり、その前にも『神奈川近代文学館一〇年誌』が出されていて、通史的には克明な記録がある。従ってそれに沿いながらも要点を抽出し、いくらかの特徴点を書くに留めたい。

一九七九（昭和五十四）年八月から始まった準備段階については先に記したが、横浜市中区山手町の港の見える丘公園の一画に建設地が決まり、建設工事に着工したのが八二（昭和五十七）年八月末、完工が八四（昭和五十九）年三月末だった。敷地面積七八〇〇平方メートルは横浜市からの無償貸与。建築面積一六六二平方メートル、延床面積五四〇七平方メートル。展示棟と管理棟の二棟に分かれ、展示棟は段丘の上にあって、地下通路でつながっている。

展示棟は一階に展示ホール二室とロビー、喫茶室、二階にホールと中小会議室、地下に特別資料室があった。管理棟は段丘の下の道路に沿って、一階に閲覧室・センターホール、図書事務室等、二階に管理事務室、会議室等、地下一～三階に書庫が設けられた。資料保存の温湿度空調・全館燻蒸設備も整っていた。

当時としては、防震防災対策の最善を尽くした鉄筋コンクリート建築で、屋根は銅葺き、白亜の建物だった。細い谷間で隔たっていた隣の丘の大佛次郎記念館のレンガ建築と好対象で、港の見える丘公園の景観を成した。

両館をつなぐ〈霧笛橋〉が完成したのは二年後の八六（昭和六十一）年九月。赤レンガ作り橋脚アーチ型で欄干に街燈がある洒落た橋で、設計者は両館を担当した浦辺設計事務所。横浜市は大佛次郎記念館のレンガ壁と共通のイメージを連ねて、神奈川近代文学館へのエキゾチックな導線を造った。さらにバラや草花の周縁整備も出来、港の見える丘公園の文化ゾーンが整えられていくことになる。

八四（昭和五十九）年十月開館直前までのてんやわんやの六カ月が大変だったと、「一〇年誌」にはある。三月末の事務局移転以後の山場のことであろう。建築・設備のハード面はもとより、事務局としては、ソフト面の資料の収集・整理・保存、閲覧準備、開館記念展とその後の展示準備、そして公開、講演会・講座、広報など、基本事業が凝縮されていた。それ以前の準備段階については述べたが、事務局も県職員、財団職員、日本近代文学館から応援の出向職員の混成組織であった。

　前に紹介した斉藤充、川島かほる、藤野正氏や高橋祐子、西村洋子氏らに加え、現在の事務局長・澤茂樹氏らのプロパー職員や、日本近代文学館から出向の宇治土公三津子氏らが先行して準備に当たったが、この年四月には事務局も大幅採用があって、総勢二十六名。現在も中核として活躍している安藤和重、金子美緒、鎌田邦義、北村陽子氏らが出発期の体験者である。さらに日本近代文学館からは染谷長雄氏が出向して来た。やはり前に紹介した企画時点からの功労者・清水節男氏は、事務局次長として日本近代文学館から移行し、のちに古山登氏の跡を継いで二代目の事務局長になる。

　開館式は八四（昭和五十九）年十月十三日、長洲一二知事、小田切進理事長・館長、完工前に逝去した尾崎一雄名誉館長の松枝夫人がテープカットし、特別披露を行った。翌十四日が開館・一般公開。開館記念の「近代文学一〇〇年と神奈川展」が開催された（～十二月九日）。

＊

　神奈川近代文学館を運営する神奈川文学振興会は、一九八二（昭和五十七）年四月に財団法人として認可、発足した。六月に出された「神奈川近代文学館設立の趣意」には、神奈川から多くの秀でた文学者が輩出・活躍し、日本の近代・現代文化の発展に寄与してきたことを記し、

「これらの文学者の原稿・創作ノート・日記・書簡・筆墨・遺品など」「このような文化遺産を散逸から守り、県民の共有財産として収集整備し、広く県民の利用に供する」と謳っている。日本近代文学館の基本理念と同じであるが、「児童文学の諸文献などを収集保存」するなどの特筆もある。大衆文学もその後強調された。地域の文学も当然重点要素であった。

ここに発表された最も早い時期の役員等名簿には、名誉館長・尾崎一雄、理事長・小田切進、専務理事・井上靖、中村光夫、理事・阿川弘之、五木寛之、井上ひさし、城山三郎ら二十七名、監事・松信泰輔、村上元三ほか、顧問・今日出海、里見弴、永井龍男、細郷道一、長洲一二、評議員に青木雨彦、安西篤子、岡松和夫、中野孝次、三木卓ら九十名の各氏が並んだ。鎌倉ゆかりの安西、岡松、中野、三木氏らはすぐ後に理事になる。中野、安西氏は二代・三代目の理事長・館長を務めた。また三木、岡松氏は現鎌倉ペンクラブの初代・三代目会長だった。二代目会長の早乙女貢氏も後に理事になっている。

理事・評議員がこれだけ多い財団法人というのもユニークだが、これは日本近代文学館の組織にならったもので、ここにこそ公立民営を謳う真骨頂があった。

日本近代文学館の場合は、文壇・学会、出版・報道界と、政・財界や国民全般へのアピールが必要だったからだが、神奈川方式といわれたこの公立民営の意味には、県民へのアピールという面と、文学館を設置し管轄する神奈川県という行政機関への対応という独特の側面、役割もあった。財政の根幹を握る行政としては、ハコものを作った出先機関を統括しようとする原理が働く。文学者が運営することによって、資料の蒐集、保存、公開がより柔軟に機能し、県民の信頼も得ていくという狙いが、ともすれば硬骨化しかねない。公立民営は財団と県の苦肉の策だったのである。

実際、県の側も、予算を執行する中枢である総務課には、総務課長以下出向県職員を中心に配置した。行政独特の財務事情には、財団職員は不慣れで未熟ではあったが、行政の側は、この根幹をなかなか手放したがらない事情もある。理事会・評議員会と県という構図は、事務局のなかにも投影し、それなりに気を遣いながら運営するということがあった。互いに知恵を尽くして良好な関係を保ち運営してきたことは、その後の状況が証明している。

県の出向職員が引き上げて、安心して財団に運営が一任されるのは九四（平成六）年四月を待たなければならない。三月に県議会で承認、県が担っていた維持・管理業務も含めて、文学館の運営を全面的に振興会に移管することになったのである。現在の指定管理者制度の状況からみると遥か昔の感が否めないが、公立民営の形が整ったといえる記念すべき事柄であった。何度も繰り返してくどいようだが、神奈川方式といわれたこの公立民営方式が画期的で、当時全国的な影響を及ぼしたことを強調したい。

もうひとつ、日本近代文学館と違うのは、地域ゆかりの文学者や関係者が理事・評議員に加わっていることで、これは各地に生まれた文学館の事情と共通する、地域性の尊重ということであった。私などは全国的な発想しかもたなかった視野が一気に広がるような新鮮さを感じてもいた。横浜には横浜文芸懇話会があり、横浜ペンクラブ、横浜詩人会、大衆文学研究会神奈川支部ほか、活発に活動する地域文化団体が多かった。また文学館を招致しようとした鎌倉・小田原をはじめとする各地域の文学関係者らも評議員に加わっていた。文学館運動を県民意識の中に浸透していく役割もまたこの公立民営にはあり、郷土史家など地域にゆかりの文化人の働きが欠かせなかったのである。

＊

開館翌年の一九八五（昭和六十）年度までに資料の寄贈も急速に増え、二十万点を越えた。前回にも若干触れたように、「尾崎一雄文庫」「獅子文六文庫」をはじめ、神奈川ゆかりの作家のものも多いが、当初から寄贈の内容はゆかりだけとは限らない。「藤田圭雄文庫」「滑川道夫文庫」などの児童文学関係や「木下杢太郎文庫」などはその枠を超えている。以後様々な経緯をもった資料寄贈があるが、そのうち鎌倉ゆかりの作家の資料は、例えば「中村光夫文庫」「大岡昇平文庫」など、次回にまとめて紹介することにして、ここでは記さなかった展示のことに触れておきたい。

まず開館記念展である。八四（昭和五十九）年十月十四日から開催された「近代文学一〇〇年と神奈川展」は、編集委員は磯田光一、尾崎秀樹、小田切進、紅野敏郎、保昌正夫、前田愛の各氏。編集委員は、開館記念講座の講師も務めた。あらかじめ調査した神奈川ゆかりの文学者二百四十人に絞り、千二百余点の資料で構成、展示棟一階の第一・第二展示室と二階の企画展示室を使う大掛かりな展示だった。ペリー来航から戦後の占領終結の五二（昭和二十七）年までの百年間で俯瞰する総合的な神奈川近代文学史展というべき試みだった。開館記念でもあり、多くの観客を得たことは言うまでもない。この展示は、この後明治・大正・昭和の三期に分割して、特別展の間の常設展示として定着していくことになる。

この後特別展は立て続けに、「獅子文六展」「武者小路実篤と白樺美術展」「木下杢太郎展」「高見順展」「日本の子どもの文学展」「牧野信一展」「尾崎一雄展」「〈赤い鳥〉の森展」「大衆文学展」「川端康成展」「堀口大學展」「夏目漱石展」と開催されていく。これが八六（昭和六十一）年までで、さらに八七（昭和六十二）年一月からは神奈川県を七つに分けた〈神奈川文学散歩展〉が始まった。「三浦半島の風土と抒情」「湘南の光と影」「横浜―文学の港」「海辺のきらめき―小田原・真鶴・湯河原」「都市の叫び、水のささやき―川崎と文学」「鎌倉―文学の理想郷《アルカディア》」「箱根・県央―緑と風と文学と」。地域展の試みとして好評を博した。神奈川県にはそれだけ文学ゆかりの地域と人が豊富だったのである。

このうち鎌倉展は九五（平成七）年十月の開催で、編集委員は鎌倉ゆかりの安西篤子、伊藤海彦、岡松和夫、尾崎左永子、富岡幸一郎、三木卓、村上光彦の各氏。執筆者には安西、岡松、尾崎、富岡、三木氏のほかに江藤淳、田村隆一氏もいる。図録表紙画は中島千波氏の「鶴岡八幡宮」。明治以来のゆかりの文学者たちを辿る、出品・協力者百五人、三十九団体におよぶ豪華な展示だった。

　関連講演会・講座の講師は、山田宗睦、池内紀、駒尺喜美、伊藤信吉、三木卓、大庭みな子氏、文学散歩講師は村上光彦、安西篤子氏。「麦秋」「千羽鶴」の映画会などもあった。このように、特別展では関連イベントが同時開催されてきたことも大事な記録である。

神奈川文学散歩展「鎌倉—文学の理想郷」図録
（表紙画 中島千波「鶴岡八幡宮」）

　開館の時に私は日本近代文学館の編集室にいたが、神奈川近代文学館の原稿資料に資するため、日本近代文学館所蔵の作家の生原稿を複製して協力する時、その製作担当を兼任した。このレプリカ製作事業は八三（昭和五十八）年から開始、暫く継続する。私が出向勤務して来たのは開館直後の八五（昭和六十）年四月で、先に出向していた宇治土公三津子氏と交替したのである。宇治土公氏は特別資料整理や展示のベテランだったので、神奈川でも開館記念展の準備に携わった。

日本近代文学館が西武美術館と共催した「武者小路実篤と白樺美術展」を担当していた私は、神奈川でこの展示をやるのに合わせて出向したような格好となった。最初は事業課長という立場で、展示と資料両課を担当したが、実際は殆んど展示に忙殺された。

日本近代文学館では大型の展示はデパートで開催して来たが、回数にも限界があり、まだやっていないジャンルの大型展示があった。児童文学、大衆文学、詩歌文学の文学史的な展観である。個人展でも大物作家が残っていた。それが次々と可能になっていくことに夢中になり、私などは飢餓感を満たすために頑張ったような反省がある。年間開催数や展示手法においてもかなり無理な消化をした。こうしたことは後に改善されていくことになる。

＊

資料のことで、一つだけエピソードを書いておきたい。

二〇一七（平成二十九）年四月に、神奈川近代文学館の中会議室で開催の大衆文学研究会神奈川支部の例会で、山田幸伯氏の小島政二郎に関する講演があった。山田氏は編集者で、二〇一五（平成二十七）年に『敵中の人　評伝・小島政二郎』という大部の著書を白水社から出した。「鎌倉ペンクラブ」十四号の表四に全面広告を出してくれているのでご存知の方も多かろう。

小島政二郎氏は鎌倉文士のひとりである。山田氏の父・津田信（本名・山田勝雄）氏は作家で、小島氏に師事し、その縁で山田氏も若い頃から小島家に出入りした。のち二宮町に越したが鎌倉に在住していたから、この山田父子も鎌倉ゆかりの文人と言ってよい。

小島氏は菊池寛、芥川龍之介らと近しく、戦前は芥川賞・直木賞、戦後は直木賞の選考委員もしたが、風俗・大衆小説で人気を博した印象が強く文壇的には毀誉褒貶相半ばしてみられた。山田氏の伝記は小島氏の文学と生涯の真相に迫る大作だが、ここでの話は、小島氏が所蔵していた芥川龍之介の「蜘蛛の糸」の原稿を、山田氏が仲介して神奈川近代文学館にもたらしたという逸話である。小島氏は「赤い鳥」を創刊した鈴木三重吉に傾倒し、編集を手伝い、執筆もした。創刊号に掲載の「蜘蛛の糸」の原稿は小島氏の約七十年に及ぶ保存のお蔭で無事に残った。

山田氏の卒業論文の主査教授だった小田切進氏の意向も受けて、山田氏が小島氏との仲介に動いた。原稿が文学館に入ったのは一九八六（昭和六十一）年だが、小島氏はすでに病床にあり、根岸線港南台駅前の済生会横浜市南部病院で視英子夫人が看病に尽くしていた。私は何度も病院の傍の喫茶店で山田氏とともに夫人と面会、原稿譲渡の交渉役を務めた。私も山田氏と同学であった。詳細なことは省くが、こちらの熱意が通じて小島氏の承諾が得られ、原稿は文学館所蔵の目玉資料となった。文学史的にも重要な「蜘蛛の糸」の原稿は、同年開催の「〈赤い鳥〉の森展」に初出品され、大きな話題を呼んだ。三重吉の朱入れが多くて有名だが、その経緯は三好行雄氏が原稿に即した解説を館報に執筆している。

前記の講演会で、山田氏がこのことに触れたので、私もまた当時のことが彷彿と甦って、多少唐突だが記しておくことにした。

3 神奈川近代文学館の増・改築工事

一九八四（昭和五十九）年十月に開館した文学館は、八六（昭和六十一）年十一月時点の資料が約二十二万二千点になったと館報「神奈川近代文学館」第十五号は報じている。購入もあるが、大部分は個人四百六十二人、出版社等三百八十六団体からの寄贈によるもので、既に大口の一括文庫も十五文庫を数えた。

列記すると、出発期の中心となった尾崎一雄文庫をはじめ藤田圭雄、獅子文六、滑川道夫、杉本三木雄、神西清、木下杢太郎、大野林火、福本和夫、那須辰造、藤森成吉、高木健夫、勝呂忠、添田啞蟬坊・知道、鈴木三重吉・赤い鳥文庫の十五文庫である。神奈川ゆかりの作家のものだけとは限らない。また藤田、滑川、那須、鈴木は児童文学中心である。児童と大衆文学にも力を注ぐとした当初の目標に沿っている。また夏目漱石資料のように当初から書画などが寄贈され、何度かにわたって貴重な身辺資料等が増加し、展示室に書斎の再現まで可能となったが、こうした主要コレクションも多くある。

『神奈川近代文学館三〇年誌』の八六（昭和六十一）年度の項でも、収蔵能力約六十万点の四十五％に当たる二十七万六千四百点に達したとあり、展覧会を「八五年度五回、八六年度四回、連続的に開催したことも要因となり、文学館の認知度が上がる中で、館の施設や資料整理、保存への取り組みに対する資料所蔵者の信頼を勝ち取ることができた。このことが当初の予想をはるかに上回るペースでの資料受贈に繋がった」とある。

三木卓氏も書いていたと記憶するが、神奈川文学振興会に集まった文学者たちの熱意が、神奈川近代文学館を文化の象徴、「灯台のひとつ」にしたわけで、まさに公立民営の成果であった。

私には、この年度後半あたりから、清水節男氏らと密かに増改築の話を囁いていたが、開館から余りにも短期間なので逡巡していたという記憶がある。

小田切進理事長が長洲知事に増改築の打診・要請を行うのが八九（平成元）年九月、県での検討・準備の後、理事会、評議員会で増改築の骨子が承認されるのが九一（平成三）年五月であった。本体と同じ浦辺設計事務所が設計し、九四（平成六）年十月再オープンを目指すという筋書きが出来上がっていった。公立のハコものでこれほど早い増改築は珍しいと言われたが、まさに資料寄贈の勢いが県当局への強力な説得力となった訳であり、また長洲知事の決断が大きかった。

増改築の前提には、港の見える丘を管轄する横浜市の建築基準（容積率）緩和が必要だったが、それも解決した。再び近隣住民との折衝にも注力するなど、準備が進められた。先行した日本近代文学館の過不足を踏まえて建設された神奈川近代文学館だったが、さらに開館後に気付いた不足を補うために、実際に携わる職員の意見を十分取り入れる検討会も生かされた。こうして、九二（平成四）年四月には実施設計が開始され、十月に工事着工となった。九四（平成六）年は、神奈川近代文学館の建設準備懇談会（通称五人委員会）が開催された七九（昭和五十四）年から十五年、開館十周年という時期で、この年三月に増改築工事が竣工したというのも象徴的である。四月から閲覧室、五月から会議室再開、展示館は十月の落成記念「収蔵コレクション展」開催をもって再開館した。水上勉、五木寛之の両氏が記念講演をした。

増改築により延べ床面積は七二五〇平方メートルとなり、収蔵能力は九十数万点と増えた。八八（昭和六十三）年度から電算化作業を進めてきた資料整理では、新たに電算室も設置され、閲覧室も利用者専用端末機によって、カードからコンピューターによる検索へと転換した。

展示館新館一階にはエントランスと常設展示室が、二階の企画展示室兼会議室が固定席のホールにリニューアルされた。地下一、二階には収蔵庫・記念室のほか、展示準備室、撮影室など不足していた機能を補う部屋を設置。本館一階にも電算室、特別閲覧室を設けた。収蔵庫の温湿度管理もより合理的になった。

常設展示室の実施設計は、中野孝次・保昌正夫両理事が常設作品選定委員となり、県内を五地区に分け、二十五の作品・作家が選ばれた。例えば鎌倉でいえば、夏目漱石と「門」「こゝろ」の原稿と円覚寺山門の模型との立体的・視覚的な展示などを工夫、里見弴と「安城家の兄弟」、川端康成と「山の音」「千羽鶴」、小林秀雄と「中原中也の思ひ出」、永井龍男と「秋」なども同様に演出された。後に漱石資料の充実に伴い、書斎の復元や書画の展示コーナーが追加されて、現在に至っている。

この増改築工事に伴い、九二（平成四）年十月からは展示館、翌年十月からは本館閲覧室が休館・休室となった。そこで、展示事業を続行するために、九三（平成五）年に平塚市美術館と『湘南の文学と美術』展を、九四（平成六）年には鎌倉の県立近代美術館で「馥郁たる火夫よ　生誕一〇〇年西脇順三郎　その詩と絵画」展を共催した。両館とも美術館であるから、美術と文学との交響展ということになった。これは、その後の類似施設等との共催事業の先駆となる展覧会で、事業体験的にも実りの多い思い出の深い試みであった。

例えば鎌倉の「西脇展」では、編集委員が粟津則雄、安東伸介、飯島耕一、飯田善国、池田満寿夫、大岡信、岡田隆彦、渋沢孝輔、那珂太郎、中村真一郎、新倉俊一、西脇純一の各氏という豪華メンバーで、酒井忠康近代美術館館長ら職員との交流も緊密で、記念すべき展示として、未だに語り草になっている。

＊

また、この増改築工事中の一九九二（平成四）年十二月に、小田切進理事長が死去した。文学館運動の一区切りと記してよいかもしれない。小田切氏は日本近代文学館理事長も兼任していたから、後任として日本近代文学館理事長には中村真一郎氏が、神奈川文学振興会理事長には中野孝次氏が就任した。

ついでに記せば、このあと理事長は日本近代文学館が中村稔、坂上弘の両氏、神奈川は安西篤子、紀田順一郎、辻原登の各氏と続いて現在に至っている。

因みに全国文学館協議会が発足したのは九五（平成七）年で、それぞれ中村真一郎、中野孝次理事長の時代になってからのことだった。こうした全国組織を夢見ていた小田切氏の時代に実現しなかったのは、機が熟さなかったということになろうか。組織作りは専ら中村稔氏が中心となり、主要文学館が幹事会を形成して準備した。北海道立文学館の木原直彦氏や私らが理事長代理として参加し微力を尽くしたことが今更のように懐かしい。協議会は充実した活動を展開し、相互協力の態勢が整った。新しい文学館運動の時代の始まりであった。

多数の理事・評議員の実績は繰り返すまでもないが、事務局のことにも若干触れておきたい。

『神奈川近代文学館三〇年誌』の八八（昭和六十三）年の項に、「四月に職員採用を行い、職員数は三三人となり、その後約一〇年の人員体制が固まった」とあるが、この時期に新規採用が何年か続くので、まだ端緒と言えようか。

前に事務局の出発は混成組織だった旨を記したが、日本近代文学館からの出向職員は、染谷長雄氏までの四人以後、渡辺展亨、国正道夫氏と続いた。染谷、渡辺氏は二年の交替期で帰館、出向方式は終了した。国正氏は神奈川への定着職員を求めた際に、ただ一人決意を固めて転職してきた。清水・倉・国正の三人が、神奈川に定着した。国正氏はその後、私の後に事務局長になった斉藤充氏の急死のあと事務局長を継いだ。

日本近代文学館からは他にも数人が、短期で協力しているが、新規採用で短期で辞めた人とともに明記することは控えたい。小田切理事長の紹介で入った石井久義氏は、日本近代文学館の『名著複刻全集』普及担当の元ほるぷ出版社員で、最初は広報などの事業を担当、職員として定着した。ほかに県の側からの紹介で、元湘南高校教諭で歴史家の小山文雄氏が参与として勤務し、神奈川の文学者の調査に従事した。『神奈川近代文学年表・文学者たちの神奈川』〈明治編〉〈大正・昭和前期編〉二冊を編集・刊行する中心となり、神奈川の文学者の動向の記録に貢献した。石井氏もこの仕事に従事した。

県職員に加え、以上のような人々が直接採用したプロパー職員に混成していた訳で、それが新職員たちの充実によって、組織の形が整備されていった訳である。

斉藤充氏に関しては大事な記録がある。社会経験を経ての視野が広い彼の示唆で、県の博物館協会、図書館協会に加盟したのが八五（昭和六十）年と早く、後に全国組織にも加盟する。日本近代文学館ではそうした連携がなかったので、先進的であった。お蔭で、私が事務局長だった九五（平成七）年に、横浜そごうを会場にして神奈川県博物館協会創立四十周年記念「神奈川ゆかりの文学展」を参加館十八館の中心となって開催する貢献もできた。

ただこれまでにも記したように、県の出向職員が引き上げて管理運営が振興会へ全面委託になるのは、この増改築・再開館の九四（平成六）年四月であるから、この年は記念すべき結節年であった。公立民営として発足した文学館運営は、開館十周年を機に㈶神奈川文学振興会に全面移管され、中野孝次理事長は館長を兼ねた。事務局もようやく一本化した。草創期を引き延ばしてここまで記した根拠がここにあることをお解りいただきたい。

＊

さて資料についてもう少し追加しておきたい。増改築工事完了・再開館の時点での資料総数は約五十四万点に達していた。文庫はさらに中川孝収集武者小路実篤文庫から、中西悟堂、中里恒子、近藤東、中村光夫、楠本憲吉、堀辰雄、長篠康一郎収集太宰治、中島敦、野間宏、広津柳浪・和郎・桃子文庫と増えた。

日本近代文学館の結びで、資料が約百二十万点、文庫・コレクションが百五十五に達していると書いたが、二十年遅れて出発した神奈川近代文学館が、やはり百二十万点を越え、文庫・コレクションも四十三文庫・七十一資料と匹敵する数量に達しているのは長足の充実で、この二館が全国の文学館を質量ともに凌駕しているのは象徴的である。

年譜的記述から外れて私の思い出深い資料について触れてみたい。まず最初期の木下杢太郎文庫がある。これは原稿・日記・書簡をはじめ、著名な「百花譜」原画に到るまでの約一万四千点で、杢太郎（本名太田正雄）の東京の遺族・太田家から、敢えて神奈川にと寄贈された。杢太郎の故郷は静岡県伊東市で、生家跡は木下杢太郎記念館として伊東市の保存施設になっている。ゆかりの伊東市にどうして寄贈されなかったのかという声もあり、太田家と伊東市教育委員会からの依頼で、二〇〇二（平成四）年に私が講演に赴いたことがある。「文化遺産保存と木下杢太郎文庫」と題した総括的な内容で、〈杢太郎会シリーズ〉の冊子の一冊として印刷され、同記念館で頒布された（本書の最終章に掲載）。つまり太田家が神奈川への寄贈を選択した事情が伊東市民にも理解される試みとなり、同時に同館との友好関係も築かれた。

杢太郎もまた神奈川ゆかりの作家ではない。施設と組織が指標となった例で、こうしたことは後の野間宏文庫や埴谷雄高文庫など多くあり、つまりは神奈川近代文学館が全国区であるという証明でもある。その野間宏文庫などは八万五千点を越えており、「暗い絵」「真空地帯」「青年の環」の原稿など貴重資料が豊富で、これまた夫人が特に神奈川を好まれての寄贈だったことが特筆される。横浜ゆかりの俳人・大野林火文庫や詩人・近藤東文庫、「かめれおん日記」「李陵」の原稿などの中島敦文庫などにも触れたいが省略し、ここでは鎌倉ゆかりの文庫について紹介するだけとしたい。

早いものでは神西清文庫がある。原稿・ノートや堀辰雄からの書簡多数など。それ以後では寄贈順に、中村光夫、広津柳浪・和郎・桃子、大岡昇平、立原正秋、吉野秀雄、荻原井泉水、中野孝次、吉屋信子の各文庫がある。逗子の中里恒子、堀田善衛文庫を加えてもよい。コレクションでは、里見弴、山崎方代、木下利玄の資料などもある。数量の多寡だけでは測れない、いずれも遺族等から寄贈された貴重資料である。

全ての人を詳しく語ることは出来ないので、鎌倉文士であった中村光夫氏と大岡昇平氏について触れておきたい。

中村氏は、創立時の五人委員会のメンバーであったから、同メンバーの尾崎一雄、井上靖文庫と同様に、資料室の中の中村光夫記念室に別置されている。中村氏は日本近代文学館の草創期からの功労者であったから、資料はそちらにという判断もあったろうが、神奈川との縁も深く、一九八八（昭和六十三）年、住み慣れた鎌倉で死去されたので、直後に久子夫人（劇作家・木庭久美子氏）から、こちらに一括寄贈された。原稿・草稿・創作ノートをはじめ遺品に到る特別資料が中心だが、中でも研究・評論に情熱を傾けた二葉亭四迷関係の著名な「落葉のはきよせ」ほかのコレクションを含む約四千点の貴重文庫であった。

大岡氏も、日本近代文学館草創期からの協力者であり、私も何かと世田谷・成城のお宅に伺っていたが、神奈川が出来てからはこちらにも極めて協力的になってくれた。夫妻でよく来館しては喫茶室でくつろぐ姿が思い出される。八六（昭和六十一）年の「大衆文学展」開催記念では同年と翌年二回にわたって記念講演会を開催したが、このとき最初と最後の二回も講演を引き受けてくれた。大衆文学の分野での講演だったので新鮮な驚きがあった。最初は「エンターテインメントの魅力―推理小説と私」、トリは「戦後の展開―大衆社会現象との関連―」。この頃理事長になっていた中野孝次氏も、尾崎一雄、大岡昇平両氏を自分の師と呼んでいたので、神奈川の館との連帯は一層深まったといえようか。大岡家からは、八六（昭和六十一）年から資料が寄贈され始めるが、大方の予想に反して日本近代文学館ではなく、神奈川だったのも必然性があったのである。「俘虜記」「花影」「レイテ戦記」などの代表作の原稿をはじめ、「野火」創作ノートや富永太郎、中原中也研究資料など貴重な文庫一万三千点余がそれである。

鎌倉ゆかりの作家の展覧会もその都度開催されてきた。逗子まで広げて、総合展やテーマ展を別にして改めて早い順から記すと、八五（昭和六十）年の高見順展から、川端康成、堀口大學、夏目漱石、太宰治、中里恒子、有島武郎・生馬・里見弴、泉鏡花、大岡昇平、立原正秋、広津柳浪・和郎・桃子、吉野秀雄、三島由紀夫、中原中也と富永太郎、澁澤龍彦、堀田善衞、井上ひさし、富士川英郎、角野栄子『魔女の宅急便』展と数多い。

＊

いささかアトランダムではあったが、神奈川近代文学館については、この辺で終了したい。鎌倉ゆかりにかこつけてこの連載を続けてきたが、日本近代文学館では高見順、川端康成の両氏に偏って、重要な作家・研究者に触れられなかった。伊藤整、稲垣達郎、吉田精一、瀬沼茂樹、木俣修、紅野敏郎、保昌正夫の各氏ら大勢いる。神奈川近代文学館ではもっと多くの理事・評議員が身近にいたので、語る材料も多い。鎌倉ゆかりだけには絞りきれない。改めて別の項で思い出などを綴ろうと思っている。

第Ⅰ章の日本近代文学館の項では開館直後までにしたが、その後の『名著複刻全集』のことなど話題が多く、幸い最近図書館などから声がかかって、講演の機会も増えた。『日本近代文学館年誌』のエッセイでも場を与えられたので、「『名著複刻全集』の僥倖」と題して思い出を書いたので、別項（159頁）として掲載した。

III　鎌倉文学館草創期

1　前田家別邸にて開館

鎌倉文学館の草創期に話を移したい。同館は、神奈川近代文学館開館の一年後に当たる一九八五（昭和六十）年十月に開館した。神奈川の時に記したように両館の開館には深い因縁がある。

残念ながらそのころの私は、日本近代文学館や神奈川近代文学館の職員で、鎌倉文学館には関わっていない。その後も交流はあったが、直接関わったのは二〇〇五（平成十七）年度の一年間で、鎌倉文学館二十周年記念の事業のために呼ばれて、一年間奉職した。二〇〇〇（平成十二）年七月に鎌倉に移住したこととも関係があるが、この頃には㈶鎌倉市芸術文化振興財団の評議員や鎌倉文学館の専門委員もやった。しかし、遥か後の時期なので、草創期については全く実感がなく、雰囲気が伝え難い。

神奈川近代文学館の草創期を記述するに当たって、鎌倉文学史話会が最初に関わったと記したが、そのとき引用した、故清田昌弘氏の労作『かまくら今昔抄六〇話第二集』中の「鎌倉文学館事始め」や「鎌倉文学館便り」（文学館準備号）、その他の公表された記録の範囲で記述したい。また、鎌倉文学館職員として永く勤務された井上弘子氏からも種々情報を得た。

＊

前にも記したが、神奈川近代文学館草創の頃に数えた神奈川ゆかりの近代の文学者はざっと五百六十名を越えた。鎌倉ゆかりの文学者は、古典も含めて三百四十名を越すという。神奈川県の中で鎌倉市が占めるゆかりの文学者の比率は高く、文士たちの活動もまた活発だった。

清田氏によれば、一九三三（昭和八）年頃から鎌倉文士たちの間でペンクラブ組織化の気運が高まり、「昭和九年か、あるいはその翌十年の頃、ペンクラブの事業が諮られた。その一項に『鎌倉文芸図書館』（当時の呼称）建設案があった」とある。林房雄氏が「鎌倉は日本のワイマールだ」と、ゲーテやシラーが住んだヨーロッパ文芸ゆかりの都市になぞらえ、「鎌倉といえば相も変わらず八幡さんや大仏では」なく、「それ相応の仕事をして事跡を」遺すべきだと、「昭和のワイマール」としての意気込みを語ったという。「文化が東京中心主義であることに対抗して、文壇〈鎌倉組〉が発した宣言《マニフェスト》であった」とまとめている。

鎌倉文士の多くは文壇の中心的存在でもあった訳だから、中央・鎌倉との対抗軸で考えることもない。鎌倉という恵まれた地域の中で交流できた縁ということだろう。里見弴、久米正雄、大佛次郎、川端康成氏ら鎌倉文士たちが結成した第一次鎌倉ペンクラブについては、これまで多くの著述があるので、ここでは詳述しないが、その後のペンクラブ経営の貸本屋や出版社・鎌倉文庫、あるいは鎌倉アカデミアまでをも俯瞰すると、文学館運動の淵源はここにもあり、日本近代文学館運動の高見順、川端康成氏らの動機に深く結び付いていると考えられる。

この第一次鎌倉ペンクラブは六一（昭和三十六）年に解散したが、鎌倉文学史話会（以下史話会と略記）の前身である鎌倉文学散歩の会は、六〇（昭和三十五）年に結成された。鎌倉図書館の澤壽郎館長、郷土史家で中央図書館嘱託の木村彦三郎氏らが中心だったが、やがてこれを引き継ぐ形で史話会が七五（昭和五十）年に発足した。会員は芥川賞作家で俳人の清水基吉（代表）、大沢光男、片岡巍、金子晋、木村、澤、高木万利子、村山静、門馬義久、山村亀次郎氏ら十名だった。今後も度々登場する金子氏は、『鎌倉再見―古都を愛した文士たち』『私記鎌倉回想五〇年』などの著書がある随筆家。門馬氏は元朝日新聞記者で、市の近代史料収集室の嘱託として鎌倉文士の調査などをしていた。山村氏は読売新聞文化部。後に参加の森豊氏は毎日新聞学芸部の記者だった。

七八（昭和五十三）年までの八年間鎌倉市長だった経済学者の正木千冬氏は、地元のオピニオン誌「鎌倉市民」に「鎌倉に文学館を造ろう」という一文を書いたことがあるという。鎌倉図書館の再建にも関わり、「日本近代文芸上きってもきれぬ因縁をもつ鎌倉という土地に日本文化（文芸、哲学、挿絵などの絵画）に関する作家の作品、遺品、原稿、書蹟、肖像等、文献を系統的に集めたい」と書いた。「鎌倉と芸術家の家」という稿では、「近代日本文化発祥の都市として誇りうる芸術家や学者の旧居を、特殊記念館として公開したらどうか」とも書いているという。

前にも書いたが、ある時、箱根での県市長会の帰途、長洲一二知事の車に同乗し、「鶴岡八幡宮境内に県立近代美術館のある鎌倉に文学館も必要だと話をもちかけた」という。正木氏は七八（昭和五十三）年六月の三期目市長に落選したので、史話会は、十二月に渡辺隆新市長に、「鎌倉文学館を設置することについての陳情書」を提出した。そして翌七九（昭和五十四）年三月には市が基本計画策定のなかで、民俗・考古資料などの保存活用のための資料とあわせて、総合的に検討する旨を回答。八月には、史話会の清水・門馬・山村・森氏らが県庁に長洲知事を訪ね、「近代文学館設立の要望書」を手渡し、知事は検討を約束した。

この時、鎌倉側は候補地として何処を対象地に挙げたかは不明である。県立文学館の候補地としては他に横浜・小田原・厚木・相模原が立候補しており、各市とも対象地域を示していた筈である。前田家別邸寄贈の話より前のことだから、このことは謎である。

だが、県立文学館は横浜・山手の港の見える丘に候補地が決まり、鎌倉には来なかった。八〇（昭和五十五）年十月、長洲知事が史話会の澤・門馬・山村氏らに会い、同館は横浜の港の見える丘公園に内定し、史話会提案の鎌倉誘致案は不採用だったことを報告し、陳謝の意を述べたという。

ここまでの経緯は既に少々触れているが、ここから鎌倉は地元に舵を切って行く。八一（昭和五十六）年、鎌倉市は独自で文学館を建設する場合、県立近代文学館との関係をどう保つかなどの検討に着手。九月には、「鎌倉の文学資料館について、その方向づけを得るために、市内在住の作家等の意見を聞き、構想づくりに織り込むことを目的に」鎌倉文学資料館（仮称）建設懇話会を発足させた。里見弴、小林秀雄、今日出海、永井龍男、清水基吉、澤壽郎、金子晋、小島寅雄（市教育長）の各氏に委員を委嘱。九月一日に第一回懇話会を開催した。この十一月には渡辺市長の死去に伴う選挙で、小島寅雄前教育長が市長に当選している。八二（昭和五十七）年五月、尾崎實教育長らが長洲知事、小田切進神奈川近代文学振興会理事長らと懇談。鎌倉市で計画中の文学資料館と県立の文学館とは、資料収集等について相互に協調し、補完することを確認した。

七月、建設懇話会専門部会発足。懇話会の意見をもとに具体的な事項を調査・協議することを目的としたもので、委員は澤、金子、清水、秋月瑞穂、伊藤玄二郎、清水芳明（社会教育部長）の各氏。七月一日の第一回専門部会以後、翌年七月には第七回専門部会、翌々年二月には第八回と、頻繁に会合が持たれている。実動部隊はここにあったか。

ここで注目したいのは、現在の第二次鎌倉ペンクラブの伊藤玄二郎会長が、この時点で委員に選ばれていることで、伊藤氏は草創期から鎌倉文学館の創立運動に参画していた訳である。

出版・編集、随筆、教授など多彩に活躍していて、私も神奈川時代から面識を得ていたが、今回はご本人の思い出を慮って、あえて取材をしなかった。伊藤氏もかまくら春秋社を率いて、鎌倉の歴史・文化の紹介に努めていて、史話会の面々と同様、欠かせない人材だったと思われる。

これまでに登場していないが、司書で後に『鎌倉現代文士』などを著した鹿児島達雄氏なども含め、当時鎌倉で活動していた史話会その他の在野の人々が、鎌倉文学館実現の大きな原動力になったことは明らかで、ひとつの特徴でもあったと思われる。

八二（昭和五十七）年十一月、市の総合計画（後期実施計画）において、八五（昭和六十）年開設を予定した文学資料館の新設が決定された。翌年四月には予算に準備費が計上され、四月から市の広報で市民に資料の提供を呼びかけた。事務担当は社会教育課と中央図書館に決まった。

八三（昭和五十八）年五月に、史話会は「鎌倉文学館設立に関する要望書」を提出。その要望とは、1．「鎌倉文学館」を正式名称とする。2．事業推進のため専門職を配した準備室を設ける。3．設立の具体的実施案を審議するため市長委嘱の委員会の設置、である。

実は、この年の一月に里見弴氏、三月に小林秀雄氏（ともに懇話会委員）が逝去している。六月二十二日付の「朝日新聞」は、長谷・長楽寺谷の由緒ある「前田家別邸」が鎌倉市に寄贈され、建物保存も兼ねて文学資料館として八五（昭和六十）年中にオープンすると報じた。七月に、文学資料館の設置場所として、前田家別邸（鎌倉市長谷一丁目五番三号）が決定、公表された。

十一月、史話会は次いで「鎌倉文学館の運営機構の位置づけについての要望書」を提出した。「無体財産である文学著作物という特性から、作家、著作権者、さらに遺族等が、その諸作品、原稿、その他著作者にかかわる保存諸品を提供する場合、最も重視されるのが被提供者との信頼関係にある」と、その公益性を強調し、社会教育、図書館という狭義の教育的見地からではなく、関係者や地域住民による鎌倉固有の文学的土壌の温存、発展につながる文学館活動を期するという内容だった。

＊

鎌倉文学館となった旧前田侯爵家の別邸について、文学館の説明をもとに簡単に記したい。別邸は一八九〇（明治二十三）年頃に建設され、「聴濤山荘」と呼ばれた。何度かの改築を経て、一九三六（昭和十一）年に十六代当主前田利為氏が洋風に全面改築したのが、現在の建物だという。「長楽山荘」とも呼ばれた。本館建物の外観は、洋風と切妻屋根と深い軒出などの和風が混在する独特のデザイン。用材は塩害に強いチーク材を使用、室内も全体は洋風でアールデコの様式であるとともに随所に和風様式が取り入れられている。海に向かって広がる庭園をもち、樹木豊かな山に囲まれた静寂な別邸で、かつてデンマーク公使や、佐藤栄作元首相が借用したこともある。三島由紀夫の「豊饒の海」第一巻『春の雪』の別荘モデルとして描かれたことでも知られる。

八三（昭和五十八）年に十七代当主利建氏より、この本館建物が鎌倉市に寄贈された。現在は国の登録有形文化財に登録されている。面積三万平方メートルといわれる広い敷地などは、このの ち徐々に購入したのだという。東京・駒場に建設された日本近代文学館も旧前田侯爵邸の敷地だったから、そういう縁も深い。

＊

組織的な経緯を先ず列挙しておきたい。

一九八四（昭和五十九）年に入ると、市はより具体的な活動を始める。四月から、社会教育部の中に鎌倉文学館準備担当を新設。市の主幹（課長相当）、職員（司書）、資料収集担当嘱託二名を配置した。嘱託の一人は、ＮＨＫを定年退職した久米正雄氏の長男・昭二氏だったといわれる。

五月に教育委員会は、「社会教育施設として、明確な理念と鎌倉の郷土性に裏付けられた特色ある文学館を（昭和）六〇年度に設置します」「そのため、広く市民のみなさんから意見を求めるために」として、文学館協議会を設置して次の十名に委嘱し、十五日に第一回を開催した。

名簿には「永井龍男（作家）、今日出海（国際交流基金理事長）、澤壽郎（郷土史家）、金子晋（随筆家）、清水基吉（作家）、秋月瑞穂（主婦）、伊藤海彦（詩人）、辛島昇（東京大学教授）、山口進（放送評論家）、曽原糸子（主婦）」の各氏とある。会長は清水氏だった。清水氏によれば、「懇話会、並びに専門部会の延長ですが」とある。七月一日発行「鎌倉文学館便り」文学館準備創刊号。この準備号は、十月二号、翌年の一月三号、八月四号まで確認した。

五月、文学館の設計を佐藤武夫設計事務所に委託。

七月九日の第二回文学館協議会は、横浜の大佛次郎記念館和室で開催し、兼ねて同館と神奈川近代文学館を視察・見学もした。

七月に、今日出海氏（懇話会・協議会委員）が逝去。

さていよいよ九月定例市議会に、「仮称鎌倉文学館の建設工事」の議案が上程され、議決した。前田家別邸を本館として文学館用に増改築、この他に収蔵庫を新設。工費二億一千三百万円。本館は一階を研究相談室（レファレンス・ルーム）、講座室、管理諸室。二階を常設展示室（四室）と企画展示室、談話室、事務室等に改修。三階は前田家が使用していた当時のままを保存。収蔵庫は二階建てで、十万冊を収蔵できる書庫と図書以外の資料を収蔵する室を設ける、というもの。施工者は東急建設横浜支店。

十月、教育委員会は、文学館協議会委員として、新たに二名、田丸謙二（日本ユネスコ国内委員会委員）、門馬義久（学識経験者）両氏に委嘱した。故今日出海氏を除き計十一名。

同月、職員一名を増員。社会教育部内から事務吏員を兼務発令。これで計五人となる。

十月、第三回文学館協議会を開催。

十二月定例市議会で、文学館の運営に関して、小島市長は「民意を充分反映させながら、公営で行う。鎌倉は近代文学発祥の地で、それを生かす方向でいく」と答弁。神奈川近代文学館のような公立民営ではなく、直営方式を採用したが、同月に神奈川近代文学館を訪ねた金野社会教育部長、高橋担当主幹は、小田切理事長に、両館の姉妹的交流を進め、活動面すべてに提携を望んでいる旨を伝えている。

改修・建設工事と並行して、内容の準備も着々と進み、市民に呼び掛けた資料は、市民からの寄贈（寄託）と図書館からの移管資料を含めて、開館の時点で一万八千点余に達していた。これらをもとにした、プレ展示会も八四（昭和五十八）年八月の「鎌倉の文学」展（中央公民館ギャラリー）など何度か開催された。

＊

こうして、一九八五（昭和六十）年の開館を迎えることになる。十月三十一日、鎌倉文学館開館記念式典が前庭で行われ、関係者三百人が出席した。初代館長は作家の永井龍男氏。開館記念の冊子で、「再三辞退した末にこうしたことになりました」と書き、文学館協議会の人々や、鎌倉市長らから「お前に出来ない仕事はわれわれが代って、支障のないように運ぶから」と説得されたことを書いているが、挨拶では作家・永井氏らしく次のように述べたと言われている（清田氏述――「朝日新聞」）。

「文学、文学と肩ひじはらずに来ていただいて興味をひいたら、ついでに展示物を見ていただき、研究というと大げさだが、文学というものをご自分の生活に消化して身につける。これが文学の味わいの根本だと思う」

開館記念の冊子が配布されたが、これには施設の写真紹介、永井龍男・永井路子・清水基吉・澤壽郎・金子晋の各氏による座談会「鎌倉と文学を語る」。那須良輔、島田修二、安西篤子、富士川英郎、伊藤海彦氏らの随筆、「鎌倉文学碑めぐり」などが掲載されていて興味深い。

この日、小島市長は四年間の任期を終え、文学館で最後の公務の挨拶をしたのち市役所前での退庁式に臨んだ。

開館記念式典で配布の冊子『開館記念　鎌倉文學館』（1985〈昭和60〉年10月31日、鎌倉市教育委員会発行）

十一月一日一般公開。特別展「鎌倉文庫と文士たち」から鎌倉文学館は歩み始めたのである。

2 鎌倉ゆかりの文学展

一九八五（昭和六十）年十月三十一日、前田家別邸を鎌倉文学館として開館したところまで記した。初代館長は作家の永井龍男氏、清水基吉氏、山内静夫氏、現在の富岡幸一郎氏へと引き継がれていく。この日に、開館に尽くした小島寅雄鎌倉市長は、四年間の任期を終えた。

繰り返すと、鎌倉文学館は前田家別邸を本館として文学館用に増改築したもので、本館とやや離れた位置に収蔵庫を新設した。本館は一階を研究相談室（レファレンス・ルーム）、講座室、管理諸室、二階を常設展示室（四室）と企画展示室、談話室、事務室等に改修。三階は前田家が使用していた当時のままを保存。収蔵庫は二階建てで、十万冊を収蔵できる書庫と図書以外の資料を収蔵する室を設けた。本館と庭を隔てているため、本館への資料の運搬にはやや不便であるが、必要最少限の資料は本館一階事務室奥に資料室を設けて保管している。

文学館の運営に関しては、神奈川近代文学館のような公立民営ではなく、市の直営方式を採用した。教育委員会と生涯学習部鎌倉文学館担当課の所管で、派遣の常勤職員五名のほかに必要な非常勤嘱託員を擁して出発した。八六（昭和六十一）年からは、副館長も置いたが、現在のような財団運営のもとに置かれたのは、二〇〇一（平成十三）年からである。副館長以下市からの出向者四名が兼務し、他に財団プロパーと嘱託員で構成した。開館十六年目のことであるから、ここでは詳述しない。

改めて開館前後の話に戻ると、先ず改修・建設工事と並行して、内容の準備も着々と進んだ。八三（昭和五十八）年に市が広報で市民に資料の提供を呼びかけるという運動が実を結び、市民からの寄贈（寄託）も増加した。図書館所蔵の移管資料約八千点や基本資料の購入を含めて、開館の時点で資料は一万八千点余に達していた。

八四（昭和五十九）年十月の「鎌倉文学館便り」（鎌倉文学館準備号）第二号から第四号（八五年六月）に、順次寄贈資料の寄贈者と資料数が記録されている。二号では「林房雄資料」「久米正雄資料」「神西清資料」など、原稿・筆跡など七百四十点を含む約三千点。三号（八五年一月）では、「小牧近江資料」「佐佐木信綱資料」「久保田万太郎資料」など約三千点。同号では、「文学資料とあわせて、隣接分野の資料も」「鎌倉の土地柄、文学者と文化人の盛んな交流があるため、視野を広げて」資料寄贈をと呼びかけている。ただこれは、八五（昭和六十）年九月の条例で、文学者の資料に限定すると改められた。四号（八五年六月）では月ごとの数字なので詳細は省くが千点は越えるだろうか。

また、これらの寄贈資料をもとにしたプレ展示会も、次のように開催されている。八五（昭和六十）年八月十日〜二十一日、神奈川新聞社主催の「わがまち鎌倉の文学資料展」（西友大船店）に資料提供と後援をした。

八月二十三日〜三十日、鎌倉文学館開館準備の「鎌倉と文学—新収集資料を中心として—」展を中央公民館（現・鎌倉生涯学習センター）ギャラリーで開催。出品点数約五百点。Aコーナー＝川端康成資料（協力出品も含む）、Bコーナー＝文学（詩歌を除く）・隣接分野（有島生馬、大佛次郎ら五十六名、Cコーナー＝文学（詩歌。高浜虚子、吉野秀雄ら三十名）、Dコーナー＝赤羽末吉と児童文学（六名）。入場者数は約千百人だった。

＊

開館後の展示について触れておこう。

まず常設展示は、四室の展示室を使用、「鎌倉文士たち」「明治文学と文学者」「古典文学と鎌倉」「大正・昭和文学と文学者」のテーマで展開。スペース的に一度に五十人前後の作家たちに限られるので、年に四〜五回、随時出品物を差し替えながら開催してきた。日本近代文学館、神奈川近代文学館と違って、古くは源実朝など、古典にわたる文書の展示もしているのが、鎌倉文学館の特徴でもある。

二室の特別展示室では、次のような特別展が順次催されてきた。

一九八五（昭和六十）年十一月一日からの開館記念展「鎌倉文庫と文士たち」に続き、八六（昭和六十一）年から九五（平成七）年にかけては、「里見弴・久米正雄展」「小津安二郎展―人と仕事」「芥川賞・直木賞と鎌倉」「高浜虚子展―俳句と文学」「立原正秋展」「鎌倉の歌人展」「生誕百年記念・里見弴展」「久保田万太郎展」「吉屋信子展」「中世文学展―中世文学と鎌倉」「澁澤龍彦展」「中山義秀展」「大佛次郎と鎌倉」「永井龍男」「林不忘―三つのペンネームを持つ作家」「鎌倉と詩人たち」「小牧近江―種蒔く人」「鎌倉と明治文学者―漱石・独歩・樗牛・天知」「里見弴」「鎌倉と俳人たち」「開館一〇周年記念・高見順」と続く。こうしてみると鎌倉ならではのテーマの豊富さがわかる。

入館者も多く、年間八万～十万人台を推移している。井上弘子氏提供の資料によれば、九七（平成九）年には百万人、二〇一七（平成二十九）年には三百万人を達成している。全国文学館協議会の中でも最も多い入館者を示しており、年間二千万人前後の観光客の多い鎌倉ならではの特徴が示されている。建物が国の登録有形文化財であり、バラ園も含めた施設が観光地の目玉のひとつになっていることもあるが、市民その他のリピーターも多いという。文学館としての様々な努力の積み重ねの結果でもある。講演会・シンポジウムや文学散歩など、館外での催しにも力を入れ、またスタンプラリーや子ども向けワークショップ、文学講座やギャラリートークほか、館内での活動も合わせて、職員の努力に負うところが大きい。

＊

井上氏の関連で触れれば、「鎌倉文学館資料シリーズ」Ⅰ～Ⅳ（鎌倉文学館編・鎌倉市教育委員会発行）がある。文庫本で出されたもので、Ⅰ『鎌倉文学碑めぐり』（一九八八〈昭和六十三〉年刊）、Ⅱ～Ⅳ『鎌倉文学散歩』の「大船・北鎌倉方面」「雪ノ下・浄明寺方面」「長谷・稲村ガ崎方面」（九四〈平成六〉、九七〈平成九〉、九九〈平成十一〉年刊）の四冊で、恰好な案内書として便利である。Ⅰは鹿児島達雄氏が鎌倉市広報紙「広報かまくら」に連載したものに加筆したもので、Ⅱ以降は井上氏が引き継いで執筆・編集したと聞いている。いずれも文学館で増刷を維持しているので、入手することが可能である。

草創期に関わっていない私だが、二〇〇五（平成十七）年度の一年間だけ、鎌倉文学館から招聘を受けて勤務した。すでに神奈川近代文学館を退職していて、㈶鎌倉市芸術文化振興財団の評議員などもやったりしてはいたが、この時は課長として勤務した。

山内静夫館長のときで、専ら秋の開館二〇周年展「文学都市かまくら一〇〇人」の準備を手伝うためだった。夏目漱石、正岡子規、島崎藤村、有島武郎からはじまり、最も若いところでは高橋源一郎、保坂和志、藤沢周、柳美里まで網羅した。常設展示室も全て使っての六室での豪華記念展となった。展示顧問は清水基吉、永井路子、三木卓の各氏。編集委員は秋林哲也、清田昌弘、野尻政子、山本道子の各氏で、編集協力は新保祐司、富岡幸一郎氏にお願いした。

この時の職員だった小田島一弘、山田雅子氏らは現在も活躍中である。

Ⅳ　大佛次郎記念館草創期

横浜・港の見える丘公園に開館

鎌倉にも縁の深い大佛次郎記念館の草創期について記したい。

同館は神奈川近代文学館開館より約七年半早い一九七八（昭和五十三）年五月一日に、横浜市中区の港の見える丘公園に開館した。幕末維新時、この近くにフランス領事館があったことから、ここは通称フランス山と言われた。公園の南端に、イギリス館に隣接して開館した同館は、フランスの民家風に設計された鉄筋コンクリート二階建て、のべ七七〇平方メートルのミュージアムで、フランス国旗を模して外観を赤レンガ、白い柱に青い硝子のトリコロールで飾った豪奢なもので、丘公園の脇というより、中心に位置するという趣である。大佛の愛猫家ぶりを伝える猫のコレクションも飾られている。

神奈川近代文学館の場所とは谷のような細い道で隔てられていたが、文学館が建設されたあと赤レンガによる霧笛橋が建設され、両館は姉妹館のように繋がった。この橋は大佛次郎記念館と同じ浦辺鎮太郎氏の設計になる。

＊

大佛次郎（本名・野尻清彦――一八九七〜一九七三）は横浜市に生まれ育ち、結婚後は鎌倉市に居住したが、『鞍馬天狗』で世に出た後、ホテル・ニュー横浜などでの仕事を専らとし、終生変わることなく横浜を愛したことは強調しておかなくてはならない。名作『霧笛』『帰郷』をはじめ舞台としても多くの作品がある。仕事に疲れると大佛は毎日のように中華街やこのフランス山、外国人墓地の辺りを散策したという。大佛が生涯貫いた〈自由の精神〉は、〈開かれた都市横浜〉に相応しいと言われる所以である。

大佛次郎の没後、一九七三（昭和四十八）年十月、大佛家より横浜市に資料寄贈の申し出があり、横浜市はこれを受諾。翌年三月横浜市・神奈川県・朝日新聞社・神奈川新聞社等関係者による大佛次郎記念館設立準備委員会が発足、五月に寄贈を受けて整理を開始した。

大佛次郎（1897 ～ 1973）写真提供：大佛次郎記念館

七六（昭和五十一）年三月、財団法人大佛次郎記念会を設立。理事長に飛鳥田市長、顧問に長洲県知事、広岡朝日新聞社社長、清水神奈川新聞社社長がなった。七七（昭和五十二）年一月、新築工事に着工。翌七八（昭和五十三）年四月三十日に開館式、五月一日開館という足早な推移だった。管理運営は財団法人大佛次郎記念会によった。七月に飛鳥田理事長が辞任し、細郷市長が新理事長に就任した。現在は公益財団法人・横浜市芸術文化振興財団の傘下にあって運営されている。

遺族から寄贈された旧蔵資料を核として、蔵書は三万六千冊、雑誌二万一千冊。「ドレフュス事件」「パリ燃ゆ」などの資料であるフランス第三共和制成立史資料二千五百冊、当時の政治風刺画二千八百点は貴重なコレクションである。原稿草稿類、自筆資料、書簡、美術・台本・地図などの関連資料、遺品など約一万三千点の特別資料も含み、合わせて約七万点の資料を収蔵しているという。

八七（昭和六十二）年二月、増築工事に着工、十月竣工。この年に開館以来の入館者百万人を突破している。

＊

記念館の中を辿ってみよう。一階中央ロビーは、壁がしだれ梅のデザイン、照明の上にも猫の置物がある。左手奥が和室で、綺麗な庭があり、窓から山下埠頭、ベイブリッジが見える。大理石の階段を上ると、二階右手に書庫と小閲覧室。書庫には和書一万七千、洋書五千、雑誌など八千の計三万冊が収蔵されている。ひときわ目立つのがパリ・コミューン関係の文献資料で、洋書の棚は文学書を中心に、記録、回想、地誌、歴史、美術書など広範囲にわたる。

『パリ燃ゆ』執筆の際、大佛は渡仏して大量の資料を収集した。その取材の仕方を司馬遼太郎が、一木一草まで余すところなくメモする〈じゅうたん取材〉だと評したというが、関連文書は公文書、新聞雑誌、書簡、ポスター、古地図、写真、目録類、研究書、辞典にまでおよぶ広範なものだった。記念館では、その後も関係書をはじめとする資料を収集増補し、松井道昭横浜市立大教授らの尽力に拠る『パリ・コミューン蔵書目録』なども刊行されている。

左手に廻ると展示室。最初が『鞍馬天狗』や横浜を舞台にした作品の資料で、「霧笛」の原稿もある。若い頃の珍しい雑誌「ポケット」や「一高ロマンス」もある。次が鎌倉の自宅書斎の復元で、特大の寝台の周りが本や資料でごったがえしたままになっている。晩年はそこで執筆していたという。愛用の万年筆、手帳、ノートや置物などが添えられている。その次が演劇関係、さらにコミューン関係の部屋で、「コミューン官報」や一八七〇年代の大量の新聞、痛烈な諷刺画などが詰め込まれている。最後のコーナーには、死の直前まで書き続けた『天皇の世紀』の、「朝日新聞」連載一五五〇回目の絶筆となった原稿もある。

展示の中には、親しかった横山隆一が、その生涯をユーモラスな絵巻にした「大佛次郎作品道中図絵」も飾られていて、興をそそる。

二階中央にはサロンがあって、飾り棚や横浜絵を配したデラックスな広間でくつろげるが、書庫・閲覧室などが比較的に狭く、いささか窮屈な感じもないではない。一階外からも入れる喫茶室〈霧笛〉はくつろげる。

*

開館後の事業について触れておこう。先ず展示ではどうだったか。

常設展は、郷土横浜との関わりに始まって、『鞍馬天狗』で文名を馳せて以後、『天皇の世紀』に至るまでの文筆活動を大佛次郎の初出紙誌や初版本、自筆原稿、創作ノートや病床日記、執筆のために収集した資料や、幅広い交友を物語る書簡、写真、挿絵原画等の資料を展示。年一回、秋の企画展の後で展示替えを行っている。記念館には永い間勤務してきた安川篤子研究員がいて、この職員のたゆまない整理業務が目録や展示を支えていたと推察する。

特別展は一九七六（昭和五十一）年十月に有隣堂ファボリで設立記念「大佛次郎展―その人を偲んで」、七八（昭和五十三）年丸善本店で「大佛次郎『パリ燃ゆ』資料展」があって、次いで本館では七九（昭和五十四）年四月からの「鏑木清方展」から始まった「大佛次郎著作展」、「大佛次郎愛蔵楽茶碗展」、「ビゴーの描いた明治展」、「漫画に見る普仏戦争、パリ・コミューン展」、「大佛次郎と猫展」、「鞍馬天狗展」、「大佛次郎を描く佐多芳郎展」、「野尻抱影・大佛次郎兄弟展」、「中川一政『天皇の世紀』挿画展」と続く。八七（昭和六十二）年には「大佛次郎生誕九十年記念展」も開かれた。

また講座等も頻繁に開催されてきた。

七六（昭和五十一）年四月＝設立記念講演会（神奈川県社会福祉会館）。飛鳥田一雄「大佛

次郎と私」、尾崎秀樹「鞍馬天狗の誕生」、村上光彦「大佛文学における横浜」、井出孫六「大佛次郎と社会講談」

七七（昭和五十二）年十月＝大佛次郎生誕八十年記念・講演会と映画の夕べ（横浜市教育文化ホール）＝講演・陳舜臣「シルクロードの旅」、中野好夫「大佛さんの思い出」、映画「黒船渡来」。

七八（昭和五十三）年五月＝講演と音楽の集い（県立音楽堂）。講演・永井龍男「大佛さんの周辺」、中村光夫「近代と文学」、演奏・厳本真理弦楽四重奏団。

七九（昭和五十四）年からは文化講座として定期化した。

第一回は七九年三月の講演・福島行一「『赤穂浪士』解題」、暉峻康隆「元禄文化について」、村上元三「『赤穂浪士』を中心に」。以後、藤田圭雄、河盛好蔵、安岡章太郎、池波正太郎、永井路子、杉本苑子、角田房子、永井龍男、横山隆一ら錚々たる講師陣で、福島氏は以降常連講師として列している。二回目の「帰郷」以後、毎回関連映画も上映した。

また別に、「天皇の世紀」歴史講座も毎年開催されてきた。八〇（昭和五十五）年の第一回は講演・小西得郎、萩原延寿、映画「黒船渡来」他。以後、大久保利謙、遠山茂樹らの講師陣がいる。

刊行物も七七（昭和五十二）年の『大佛次郎氏旧蔵パリ・コミューン蔵書』目録をはじめと

する目録類や、「おさらぎ選書」シリーズなども各種刊行されてきている。

二〇〇四（平成十六）年には大佛次郎研究会も発足し（初代・村上光彦会長）、研究発表・講演会なども盛んになった。

また、朝日新聞社が主催する大佛次郎賞は、毎年一月に朝日賞とともに授賞式が開かれるが、すでに四十五回を経過する。二〇〇一（平成十三）年からは大佛次郎論壇賞も新設されている。受賞者の講演会も横浜市内で開催され、好評を博している。

『名著複刻全集　近代文学館』

この項の書名・著者名の漢字表記は筆者の原稿通りに、参考資料の刊行リストは、出版目録に準じた。

1　『名著複刻全集』の僥倖

前に「『名著複刻全集』の僥倖」と題して、「日本近代文学館年誌」十三（二〇一八年三月）に掲載したことがあるが、最近また関心が高まっているのか、『名著複刻全集』を架蔵する図書館などから講演を依頼されたりする。複刻版をもとに初版本の魅力に接するという趣旨で、造本・装幀などの出版文化史的な興味や、複刻版制作の苦労話をという注文が多い。ある図書館では一時間半で初版本約七十点を語るという無理をしたこともあるし、谷崎潤一郎の複刻本四点だけでということもあった。胡蝶本の『刺青』、漆塗り表紙の『春琴抄』、紙漉きや製本が話題の『盲目物語』『蓼喰ふ蟲』四冊だけでも語る材料は豊富なので増減自在な訳だが、いずれも作家や作品の内容に殆んど触れる暇がない。作家については簡単な紹介の紙片を配布する。

また講演では話す時間がないので、文学館草創期からの経緯などを略記・配布する。文学遺産資料の収集・保存・整理と継承の趣意は、散逸甚だしい雑誌や初版本の複刻と軌を一にするということを強調したいためである。

＊

振り返れば、日本近代文学館が一九六八（昭和四十三）年以来複刻した初版本は付録（原稿複製を除く）にした森鷗外（考案）『東京方眼図』ほかも含め、ダブりを除く点数で三百六点に達する。よくぞこれだけの複刻版が可能だったと、今更ながらに驚くが、これも文学館設立運動に協力的だった図書月販（のちの㈱ほるぷ）の存在なくしては実現不可能だったろう。

苦労を重ねて六七年に開館した文学館は、活気に満ち、資料の寄贈などは急増していたが、維持・管理の運営面では実に厳しかった。上野の日本近代文学館文庫から戻った私などは、図書部ではなく、総務部で事業に取り組んだ。早速「赤い鳥」複刻版販売を図書月販に持ち込んだのは、開館の年の末。社是に文学館運動への協力を謳う寄付会社だったが、中森蒔人社長は少部数の雑誌複刻版よりも初版本はどうかと回答してきた。直ちに中森氏と事業推進の小田切進理事との対談となり、文学館理事会での重要議題となった。久松潜一、稲垣達郎理事など、戦前からの古写本複製や稀書複製会などの思い出を持つ理事も多い。新参会社の信用調査まで行い、同社からの「文学館が得るべき収入は前納し、一切のリスクは当社が負う」との申し入れを受けることで、安堵した理事会は編集委員会を選任、翌年三月に『名著複刻全集　近代文学館』（通称親版）百二十点百五十九冊（付録六点）の刊行を決断した。三千セット四回配本（頒価十八万円）で、六か月後に刊行を開始するという慌しい出発となったが、セット完了までに完売し、文学館の財政は救われた。

伊藤整理事長をはじめとする理事九人の編集委員会は、委員長に稲垣達郎理事を選び、委員会は未経験分野の運営のために顧問・相談役を選んだ。出版界の泰斗・布川角左衛門氏は、複刻の基本姿勢として、褪色・汚損した古本のままの複製か、それが出版された時の最初の姿に戻した真の初版本の複製かの選択を迫った。編集委員会は、より困難な後者を選んだ。また原本複数主義も示唆された。原本探索などのために日本古書通信社の八木福次郎氏を相談役に依頼した。印刷・製本・資材などの指導には、岩波書店の藤森善貢氏にお願いした。難しい造本の様々な現場に道が開けた。藤森氏には著書『本をつくる者の心』（一九六六年、日本エディタースクール刊）に『名著複刻全集』に関わった詳しい著述もある。こうした陣容が文学館・図書月販の合同編集部を動かし、同社傘下のほるぷ出版、東京連合印刷を軌道に乗せた。

そして何と言っても、稲垣委員長の存在である。稲垣委員長は、「日本近代文学館の使命はいろいろあるが、そのひとつに文化財保護がある。どの博物館、図書館にもそれはあるのだが、そこからさらに、稀覯書類を複刻提供する為事へも結びついてゆく」（「文学館複刻雑談」─『角鹿の蟹』講談社文芸文庫版所収）と述べ、仕事が文学館運動の本道であったと言及していて心強い。と同時に、「一定の枠の下における模倣作業、早くいえば、偽物造りである。しかし、その偽物造りのなんとむずかしいことであることか」（「素人の本造り」─同）とあくまでも醒めていた。醒めていながら原本に百％肉薄するようにと、厳しく貪欲に我々を励ました。用紙や布・クロスなどの資材、木版画や古い活版印刷、製本に到るまで、本物そのものの条件はあり得ないのだから、偽物造りは本物造りより難儀なのであった。

因みに文学館で使用した〈複刻〉がそれまでの〈復刻〉・〈覆刻〉ではなかったのも、稲垣氏の〈どこまで肉薄しても複製である〉という通念に由来するのではないかと類推する。文学館の雑誌の複製は「文藝時代」「四季」の最初から〈複刻〉だが、その直前の日本近代文学研究所の「種蒔く人」などは、小田切進氏らが関わっていて、〈復刻〉を使っている。〈複刻〉は文学館独自のものだったようだ。『広辞苑』でも再版（一九六九年刊）では〈復刻〉・〈覆刻〉だけで〈複刻〉はなく、三版（一九八三年刊）に採用されている。〈複刻〉の認知は、現在でもまだ十分ではなさそうだが、ひとつの姿勢として強調したい。

さて、仕事はまず原本探索、所蔵者との交渉、著作権交渉・版元交渉から始まった。さらに底本確定までの照合・検索の作業が続く。汚損・褪色を免れた善本古書というのは、ほぼ皆無である。異本・異装本や、付き物（函・袋・ジャケットほか）の有無などの難題が予想以上にあった。オフセット印刷用に撮影する底本は、原則三冊以上の原本を照合した。勿論、押収されて唯一本文だけが残ったナップ出版部版『中野重治詩集』や「詩歌文学館」の付録で米国コーネル大学まで撮影に行った『讃美のうた』（明治六～七年、最初期の日本語讃美歌集・コーネル本）などの一点ものや、それに近い超稀覯本など無理なものもある。付き物等も稀少なものが多かった。活版のじか印刷である昔の本は印刷中の活字の凹凸、欠落などが多く、全く同じ版面ではない。状態のよい原本を底本と定め撮影、さらに青焼き校正の段階で厳密なチェックをし、シミや汚れを除いて、印刷に到る。こうした底本決定、撮影・校正という地道な作業が最も時間を要した。

＊

しかしこうした基礎が、後に起こったリーダーズ・ダイジェスト社との漱石複刻版裁判事件に有効な証言ともなる。リーダイ社が文学館刊行の漱石複刻本を撮影、漱石の複刻本選集を製作、発売前に察知した文学館・ほるぷ側が発売差し止め訴訟を起こした事件だった。中村稔弁護士の指導で私なども法廷で証言、底本決定・印刷までの作業過程が役に立った。発売禁止の和解裁判は事実上の勝訴となり、私もリーダイ側の編集者と断裁・搬送の現場に立ち会ったが、書物に関わる立場として悲しい事件であった。このややこしい経緯は中村稔氏の『私の昭和史・完結篇』下（二〇一二年、青土社刊）に詳しいので読んでいただくと有難い。

印刷、製本になると、担当者が必ず現場に立ち会い、色彩の具合や製本の状態に注文をつけた。原本表紙の印刷や箔押しなどの色彩は褪色・劣化で不確かなものも多く、変色具合を探る経時試験もやった。稲垣委員長の随想には、田山花袋『田舎教師』表紙の螢光がどの初版本にもなく再版本で確認した話も出てくるが、こうした例は多かった。資材の和紙は殆んど福井県今立町（現越前市）の紙漉き現場で、原本と比較しながら立ち会った。機械漉きの洋紙も多くはここで真似紙抄造を依頼した。

こうした制作上の特徴や経緯は解説書の〈制作概要〉に詳しいので、それに譲る。当時の事業のほんの一端を述べたにすぎないが、稀有な協力会社や相談役、紙漉き現場、和本製本、漆塗り、金版彫金など、職人わざの人々に恵まれた時代だったと言えようか。

この時期のことを私などは未だに僥倖と懐かしむ。

2『名著複刻全集』の制作と経緯

(1) 日本近代文学館の概要

一九六二（昭和三七）年、日本近代文学館設立の運動が始まった。明治以来の近代文学関係の資料が度重なる震災・戦災などを経て散逸甚だしいことを、かねがね憂えていた文学者たちが、文芸雑誌創刊号の展示などが契機となって、文学ミュージアム設立の運動を起こしたもので、高見順・川端康成・伊藤整ら作家や、久松潜一・稲垣達郎・小田切進ら研究者たち一二三名が発起人となった。資料の収集・保存と継承、幅広い公開をうたった運動は文壇・学界のみならず、出版社、新聞社などに支援の輪が広がり、寄付金や寄贈資料が集まった。

一九六三年、国立国会図書館支部上野図書館内に文学館文庫を開設。さらに政・官・財界の援助をも得て、一九六四年四月、東京・目黒区の駒場公園内に日本近代文学館を建設・開館するに至った。同時に東京都はこの公園内の旧前田侯爵邸を都立近代文学博物館（二〇〇二年に閉館）として同時オープンした。

日本近代文学館は、図書・雑誌のほか、作家の原稿・日記・書簡・筆墨・遺品などの特別資料を収集・整理・保存し、現在では約一二〇万点を所蔵するまでになっている。また、閲覧室での利用、内外での展覧会などによる公開などのほか、講座・講演会、刊行物の発行などによる文学普及活動を続けている。刊行物も館報・年報のほか、研究資料叢書の刊行や雑誌の複刻版、初版本の複刻刊行などを進めてきた。

このような運動の成り立ちから、日本近代文学館の理事・評議員は、日本文芸家協会、日本ペンクラブと並ぶ文壇・学界の主要メンバーによって構成されて、現在に到っている。民間運動としての財政困難な中、寄付金によって運営を続けている稀有な施設である。従って講座・講演会や展覧会編集委員などはつねに第一線の作家・編集者が携わっている。

『名著複刻全集』も当時の重鎮が編集委員となり、厳密な作品選定を行った。解題の解説者もまた第一線の執筆者で構成した。

(2) 複刻版刊行の最初の経緯

文芸雑誌の展示が発端となったように、明治以来の文芸雑誌は散逸甚だしく、一つの図書館では全冊通して見ることは不可能だった。文学史を研究する研究者はもとより、当時『昭和文学盛衰史』を書いていた高見順、『日本文壇史』の伊藤整らの作家たちも、調査のために苦労していた。そうした状況を背景に、発足間もない文学館は、まず文芸雑誌の複刻版刊行に着手、それがさらに名著初版本の複刻へと広がっていったのである。

入手困難な雑誌や名著の初版本は、収集保存が大事であると同時に、いかなる利用者にも公平に利用・公開することが必須であった。損傷の甚だしい原本を守り、保存することを貫きながら、同時に公開するための便法としても、複刻版の必要性が考えられた。原本そのものを見られないだけに、利用者には原本により近い複刻版を提供する必要があった。初版本の複刻の難関はその目的のために、より困難な工夫を迫られたわけである。内容検索に重点を置く文芸雑誌の複刻に比べ、名著の初版本には、造本上の厳密な再現も求められた。

こうした制作上の困難を払拭したのが㈱ほるぷの協力であった。ほるぷ(当初は図書月販)は、百科事典など良書の普及を主として急成長した販売会社だが、社是の中に(出版社などに呼応して)文学館運動への協力を掲げたユニークな会社で、寄付金も出していた。開館直後の運営の困難さをも救う策として、㈱ほるぷ（創業者・中森蒔人氏）と文学館の壮大な『名著複刻全集』の合同計画が成立したというのが出発である。ほるぷは当初から制作上のリスクを自社で負い、文学館には一定の収益を保証するという決断で契約を結び、事業は軌道に乗った。

(3)　編集委員会と作品の選定

編集・刊行は日本近代文学館、制作進行・販売は㈱ほるぷという態勢ができた。文学館は〈名著複刻全集編集委員会〉を理事会によって選定、編成し、稲垣達郎委員長のもとに全ての指導を行うことになった。㈱ほるぷは販売に専従、傘下の㈱ほるぷ出版を制作進行会社とし、傘下の㈱東京連合印刷を印刷・製本など具体的な製作の統括会社とした。編集委員会のもとに文学館の職員とほるぷの社員が合同で、具体的な仕事を進行する編集部を構成した。

編集委員会は、近代文学史に残る名作名著の何百点もの候補の中から、限られた作品を選定するという難題に取り組んだ。会議を重ねて選ばれたのが最初の『名著複刻全集　近代文学館』（いわゆる親版）一二〇点一五九冊で、その後の状況の中で選定し直したのが、次の「新選」「特選」「精選」のいわゆる〈三点セット〉九八点一一六冊であった。ここまでの編集委員は同じメンバーで、その後詩歌文学館や個人全集で微調整があった。

また編集委員会では、出版界で制作に明るい布川角左衛門、藤森善貢氏らを制作顧問に招いて、編集部や制作会社の指導をお願いした。原本蒐集等、古書界に関する指導では、古書通信社の八木福次郎氏にお願いした。

各セットに付した解説書(「作品解題」)も貴重である。当時の第一線の評論家・研究者に作家と作品についての要領を得た解題を執筆して貰い、読者の便宜を図った。また編集部による「複刻制作の概要」も記し、複刻の経緯も明らかにしている。

(4) 制作の基本姿勢と原本の探索

解説書の「複刻制作の概要」では、「複刻の基本姿勢と原本蒐集」「造本上の変遷と複刻制作」「今回の複刻にあたって」というような項目に分けて、制作の要点と、特徴や問題点を記し、さらに原本提供者や資材・印刷・製本などの協力会社も明記している。

特に基本理念として、「原本のあるがままの姿を再現して伝える」ことを強調している。巷間目に触れることの困難な初版本を、違った姿では伝承できないという姿勢であった。文化遺産である文学作品の初版本が教育的にも活用され、かつ後世にも継承されて行くからには、原本への肉薄は、ゆるがせにできない姿勢であった。

そこで先ず、肝心の初版原本の探索である。寄贈等によって、文学館の蔵書にも若干の原本はあったが、到底必要を満たすほどではない。著作権者や研究者、古書界などに探索先を広げ、協力をお願いした。

初版原本は一冊に頼らず、必ず最低でも二冊または三冊の複数の原本を蒐集し、比較考証することを眼目とした。古本である原本は、表紙や造本そのものに褪色・変色、損耗が甚だしい。また古い時期の印刷では、活字を組んだままでの生の直接印刷も多く、活字の飛びや痛みなどの相違があり、紙型をとるようになっても瑕疵は避けられない。製本などでも手作業部分による相違や、資材の違いなどの発生がある。同じ初版本でも、現実には必ずしも同一でなかったりするものもあった。

しかし、原本提供者の協力を重ねてもなお、表紙などの美本の入手が困難で、付きもの（ジャケット・袋・函・帯などの付属物）が入手不可能の場合もあった。印刷の褪色やクロスの変色などには褪色実験も必要な場合があり、発行当時の元の姿を見極めるのは、そう容易なことではないことが分かってきた。

また原本再現への技術的な肉薄という壁があった。かつて作られたものと同じものを再現するのである。布や紙などの資材からして、同じものはないといってよい。和紙の場合は酷似した和紙を漉けばよい。ただそれを大量に同じように漉く事の出来る紙漉きの地域や生産場があるのか？　性質の異なる多様な洋紙類、輸入紙などは、同じ紙質のものをどう調達していくのか？　和本の場合の製本技術者は確保できるのか？　特殊な製本（例えば、漆塗りや金箔・天金など）を一挙に成し遂げてくれる工房は？　など多くの難問があった。
相談役になられた前述の布川角左衛門氏や藤森善貢氏の指導も大きいが、これらの難問の突破口を開き、製本、紙漉きの現場の開拓をまとめてやってくださったのが、ほるぷ傘下の東京連合印刷の山浦喜三夫社長の存在であったことも追記しておきたい。その努力によって、越前・今立町の紙漉き地域にほとんど全ての手漉き和紙、その他の紙に関わる資材の調達が実現した。製本会社もそれぞれ特色に合わせた現場を確保することができ、製作進行の目途が立ったのであった。

(5) 造本上の変遷と複刻製作

複刻版三点セットの対象は、明治から昭和（戦前）までのほぼ七〇年間に及んでいるので、初版本に使用された用紙その他の資材、印刷や製本の技術と方法など、網羅的に〈造本上の出版文化史〉を辿ることになる。

明治初期の『小説神髄』は大和綴じ（観世紙縒《かんぜこより》）、『柳橋新誌』は四つ目綴じ（いずれも本文は半紙袋綴じ）で、木版刷り挿絵などを付随し、旧来の和装本の形を保っている。明治期は、和装・和紙・木版の形から、洋装・洋紙・活版印刷へと移行する造本上の過渡期・揺籃期であり、総じて印刷技術は稚拙で、洋製本も未熟である。

だが逆に、和洋の特徴を活かした和洋折衷本や、不安定な洋本形式が出現する。『雪中梅』や親版の『八十日間世界一周』の南京綴じなどがその例である。様々な実験や試行錯誤とともに、明治後期から大正期にはいちどきに開花して、多彩絢爛の様相を呈してくる。輸入に頼っていた書籍用の洋紙が、第一次世界大戦による輸入難から、国産洋紙の製紙が促されるのも大正初期である。そうした特徴の一端を次に俯瞰しておきたい。

明治以前からの伝統である木版多色刷りは、表紙装幀や口絵・挿絵に多用され、昭和期に連なる息の長さを保った。作家と画家との交響という独特の本造りの淵源でもある。こうした木版・石版の趣向を採用したものに、『当世書生気質』『文学者となる法』『小説尾花集』『金色夜叉』『みだれ髪』『吾輩ハ猫デアル』、『青年』『刺青』の胡蝶本、『日本橋』『月に吠える』『腕くらべ』『夜の光』『同志の人々』『春は馬車に乗つて』『侏儒の言葉』『伸子』『如何なる星の下に』などがあって多彩である。

またフランス装本に倣ったアンカット本は、『吾輩ハ猫デアル』などに現れ、『邪宗門』『NAKIWARAI』『悲しき玩具』『東京景物詩及其他』『月に吠える』『大津順吉』『生れ出る悩み』『殉情詩集』『青猫』『死刑宣告』『海に生くる人々』『聖家族』『晩年』に見られるように長く採用され続けたが、その頂点はやはり大正期であろう。

『うた日記』『田舎教師』などの造本常識を越えた分厚い（また別丁挿絵の多い）製本や『み

だれ髪』『東京方眼図』のような袖珍本、変形本の流行も一特徴である。

また天金本の『吾輩ハ猫デアル』『赤光』『邪宗門』『悲しき玩具』『珊瑚集』『東京景物詩及其他』や天染め・こば折り本の『春と修羅』なども、汚れ防止の意味があるとはいえ、贅沢な嗜好である。

昭和期は大正期の華やかさに比べると、時代の風潮を受けて地味となり、円本の出現や、『放浪記』『太陽のない街』などの並製本の流行となる。また製本技術や装幀などもひとまず安定し、合理的な造本の時代となったといえようか。こんな中で、谷崎潤一郎の『春琴抄』『盲目物語』などは、作家の嗜好を際立たせて特異であった。

＊

こうした多様な造本の変化を踏まえて複刻版は造られるのであるが、「初版原本のあるがままの姿を再現する」ことへの肉薄は、明治以来の用紙・資材、印刷技術、製本のすべてにわたって復古するということになり、現実には不可能である。従って、旧来の手漉き和紙や、手造り和本などと併行して、進化を遂げた現在の近代技術を駆使した別次元からの接近ということになる。

資材も全く同一の用紙、クロスはないし、現在入手できる一般紙等で代用できるものは少ない。褪色、変色、紙焼け、染み、汚れなどを考証し、昔日の紙の色や質、風合いを判断する訳だが、推測の混ざるもの、経時試験など科学試験によるものなど様々である。往時の〈白〉色の紙にしても、現在からみれば晒しの不充分なもので、くすんだ色合いをしている。

和紙に関しては、幸い伝統的な手漉きの技術が完全に廃れてはいないので、ほぼ当時と同じ方法で漉くことが可能だった。だが『柳橋新誌』のような和本の本文紙まで和紙という場合には、手漉きだけでは間に合わない。楮で簀目《すのめ》入りの機械漉きを開発して貰うという挑戦もした。また洋紙の質も一変しているが、似せて漉くにも少量ロットの抄造はほとんど受け入れられない。勢い既製用紙の書籍クリーム色系統（暖・寒色系）の一般紙を援用するものも出る。

しかし、それでも挑戦を考え、代用不能のものは例え少量でも機械による特漉きを決行した。これも多くは越前の和紙風機械漉きを試行している製紙業者に頼ることになった。もちろん、手漉き和紙もほとんど、越前産紙生産地の福井県今立町（旧五箇村）で漉いた。原本を携えた担当者が何日も泊まりがけで、いわゆる立ち会いを行って、業者とともに吟味した。現地の人々は〈真似紙漉き〉と言ったが、原本の風趣を伝える技術と熱意は類を見ないといえた。

印刷の前には、原本からの撮影がある。毀れやすい原本が多く、当然バラすことはできない。目いっぱい頁を開くと毀れる本も多い。まず撮影が神経を消耗する格闘であった。

そのあと、焼き付けられた青焼でチェック・校正をする。原本の誤植や欠字、活字の欠け等はそのまま再現するのだが、原版刷りの活版では必ずしも同一の版面ではなく、同じ初版本でも活字欠けの有無があったりする。できるだけ美麗な版面を復元するためにも、何冊もの原本照合が必要なのである。版面チェックが完了すると、ようやく印刷への段取りとなる。

印刷は主としてオフセット印刷だが、木版印刷等で再現の難しいものは、コロタイプ印刷を行い、特殊なものはシルク・スクリーン印刷、グラビア印刷を採用した。また、オフセット印刷でも、三原色＋黒のいわゆる四色刷りでは原本通りに色出しの出来ないものも多く、特色をこしらえて刷ることもしばしばだった。こうした印刷でも、担当者は現場に赴き立ち会いを行った。

製本では、本のかがりや背固め、チリや面付けの体裁などに、現代技術を駆使して、目に見えないところで造本上の配慮をし、原本より堅牢で永く保存に耐えるように努力した。そのほか、表紙の布やクロス・皮、花布などはすべて特染めを行った。型押しする金版なども当然すべて特注である。

複刻版の製作技術面は、以上に記したように、用紙・資材の入手での特漉き、コロタイプ印刷、手貼りもの・和装もの製本、金版の彫金、天金技術など、あらゆる面で近代化の波に洗われて先細りしていく斜陽化産業の、まさに〈手造り〉の分野に支えられていて、今後いつまでこのような複刻が可能であるか、いささか心もとない。すぎし日のこの複刻が時宜を得たものだったことは幸いであった。

(6) 著作権者や初版本出版社との交渉

出版においておろそかにできないのが著作権問題であるが、複刻版のような複製ものの刊行でも、著作権者の許諾は必要絶対条件である。雑誌の複刻版を刊行するにあたって、執筆者あるいはその遺族の許諾を得る交渉を経験していた文学館であったが、名著複刻にあたって、改めてその重要さを痛感した。

作品の作者は現存者は少ないが、それでも『NAKIWARAI』の土岐善麿氏のように、本人が複刻出版を逡巡するケースもあった。幸い意義を了解してくれたのみか、他にはなかった美本原本を底本として提供してくれた。『赤い蠟燭と人魚』の小川未明の遺族は、やはり他にはなかったジャケット付き原本を底本に提供してくれた。

装幀や挿絵の画家たちにも当然著作権はあるので、その許諾も必要であった。装幀や挿絵の著作権問題は、当時はまだあいまいな部分があって、出版社によっては、本を作る際に画家から買い取ったものだから、改めて著作権料の必要はないという意見もあった。しかし、それは本筋ではないので、文学館は日本美術家連盟などとも相談して、各画家にも相応の許諾を取り、著作権料を支払うことを進めた。そのお蔭で逡巡していた画家の遺族たちから感謝されたという実績もあった。

こうした著作権のほかに、刊行した出版社の許諾も必要であった。すでに消滅していた出版社は権利者が存在しないかどうかを調べ、現存する出版社とともに許諾をとった。出版社の編集権、版面の著作権などや、道義的な意味での許諾も含めたわけである。大部分の出版社は好意的であった。

一九七九（昭和五四）年、リーダーズ・ダイジェスト社との間に版面権無断使用の訴訟問題が発生するが、これは文学館が刊行した『名著複刻漱石文学館』の複刻本を底本に使って同社が複刻全集を発行したことに端を発したものだった。製作者側の文学館・ほるぷと漱石初版本発行の出版社の岩波書店・春陽堂書店が、それぞれ弁護士を立てて、版面権や許諾の道義的責任を問うたものだったが、裁判所の職権和解勧告によって和解となり、リー・ダイ製作の盗作版複刻全集は破棄という事実上の勝訴を得た。版面権は結局判例とはならなかったが、出版にあたっての道義は強く印象付けられた。

こうした手続きとそれに伴う著作権料や出版社への謝礼も当然高額になり、製作費にはね返ってくる。文学館が編集・製作進行に伴う謝礼（いわば編集料）とこうした著作権料・出版元への謝礼等が、先に記したほるぷが、あらかじめ背負うとしたリスクでもあった。これらをクリアーして、やっと複刻の目途が立ったという経緯である。

〈参考資料〉

【複刻に関する用語説明】

①**天金**：本の上部にニスなどで金箔を貼りつけたもの。汚れ防止や装飾の役割を持つ。

②**アンカット本**：製本様式の一つで、本の小口を化粧裁ちしないやりかた。袋状になっているものを、ペーパーナイフで裁断しながら読む。また袋状ではないが、地などの小口を化粧裁ちしていないものなどもある。

③**四つ目綴じと大和綴じ**：和装本に用いる普通の綴じ方。四つ目綴じは、袋綴じの装丁で綴じに孔を四カ所あけ、糸を背にかけてかがる。（四つ目綴じの上端と下端の穴の斜め横にもう一つずつ穴をあけて綴じ、角のまくれるのを防いだ手の込んだ方法を康熙《こうき》綴じという）また、大和綴じは細く切った紙を糸や紐のようにしたもの（観世紙縒《かんぜこより》）で、袋折りの本の上下二カ所に二個ずつ穴を開けて結んだ簡易な綴じ方である。

④**花布（はなぎれ）**：上製本の中味（本文本体）と表紙背の間に付けた布地（上下両端）。本来は色糸を織り、本の背の上下に縫い付け、本を丈夫にするとともに、装飾用とした。現在は模造布を使うことが多い。

⑤**コロタイプ印刷**：一八七〇年頃ドイツから始まった平版印刷の一種で、美術印刷などの高級

写真印刷法。ゼラチン水溶液にニクロム感光液をガラス板に塗布・乾燥し、これに反転した写真ネガを焼きつけて版とする。水とグリセリンで膨潤させると、光の当たった部分に細かい皺が出来、インクが付着する。細かくて網目が見えないので、写真、絵画などの精密な複製に適するが、大量印刷には向かない。

⑥**オフセット印刷**：一九〇〇年初め米国で開発した平版印刷の一種。版から直接印刷せずに、原版のインクを一度ゴム胴（ブランケット）に転写し、それを紙などに再転写して印刷する平版印刷の一種。転写式であるため、高速印刷に適し、応用範囲が広く、現在の主流の印刷法。

⑦**グラビア印刷**：凹版印刷の一種。版面に細かい網目状のくぼみがあり、その深さによってインク層の厚薄を作り、これを紙などに転写して、精密さを再現する。写真・絵画の輪転印刷に適する。

⑧**立ち会い**：特別の専門用語ではないが、紙漉き、印刷、製本などの現場に、文学館・ほるぷの製作担当者が直接出向き、紙の色や質、印刷の色上がりの具合、製本の仕上がり具合などを初版原本と見比べながらチェックする。ＯＫを出すまでにかなりの試行錯誤を繰り返すことも多く、紙漉きなどは時間を要するので何日も泊まり込むことがしばしばあった。

【『名著複刻全集』刊行当時の推薦文より】

＊川端康成「他に全く類を見ない、日本出版史上画期の企てで」「明治以来百年の、日本文学の粋美を網羅した宝庫といってよい」

＊久松潜一「単行本も初版になると貴重本扱いされる」「そのままの形で複刻されるに至ったのは、文献保存と普及の意味からも喜ばしいことである」

＊井上　靖「百花撩乱、文学研究の欠くべからざる資料であるばかりでなく、文化史、風俗上の資料である」

＊中村汀女「故郷の水の光がよみがえりました。そこで繰り返し読んだもの、飛び読みしたもの、……心のふるさとのすべてのような気がします」

＊中村光夫「我国の書物─特に文学書─は、その体裁も、たんに時代の好尚の現われであるばかりでなく、作者の個性や趣味の表現といえる」

＊大岡　信「本が単に書かれた文章だけではなく、ひとつの〈本〉として、心をこめて作られている。文学も美術も一体となった〈文化〉が、はっきりと感じられる」

＊山本健吉「原著の趣を出すため、紙質にも製本にも印刷にも最大限の注意を払っていて、明治や大正の時代の息吹にじかに触れる心地がする」

＊三島由紀夫「その本が書かれた時代の、風俗、時世粧。趣味、いや、街の匂い、燈火のか

がやきまで、ありありと喚起させるのだ」

＊原　弘　「今見ても新鮮で好きな装幀は、萩原朔太郎の『青猫』である。／無地の布装に黒一色刷りの活字だけのラベルを貼ったものだが、活字の大きさ、字配り、その貼り位置、すべて間然するところがない。著者の好みのようである。脱帽」「『若菜集』は洋画家が装幀の仕事に手を染めるようになったものの中では、きわめて初期のものに入るだろう。／『みだれ髪』になると、もっとはっきりしてくる。当時ヨーロッパで流行のアールヌーボーの様式が完全に取入れられている。／今日の世界的なアール・ヌーボー・リバイバルを見ていると、今日とは比較にならぬコミュニケーションの環の狭かった当時の、彼ら（若い画家たち）の西欧に向けた熱っぽい目が、強烈に感じられる」（グラフィック・デザイナー）

＊布川角左衛門　「およそ本作りは芸術家であると同時に職人でなければならないといわれるが」「この種の製本としては最高の出来ばえと思った…」（書籍出版協会相談役）

＊美濃部亮吉　「父（達吉氏）の書棚にあった本とそっくりで感慨深い。この複刻全集のセットは、日比谷の図書館におくことになるでしょうが、やってしまうのが惜しいことです」（元東京都知事）

【編集委員より】

＊伊藤　整　「この仕事の着想はほるぷ社長の中森氏によるもので、まことに卓抜な案であった」「その理想とする仕事は営利を度外視しての仕事なのである。／経済的負担を苦慮しなくてもよい案を立ててくれた…」

＊稲垣達郎　「〈文学館の仕事に〉必然的につきそうて来るのが文化財保護についての具体的な処置の問題です。そのひとつが、複本の作製です。／館が将来にわたって所蔵する貴重本は、漸次、こういう処置にしてゆかなければならない」

〈販売側として〉

＊中森蒔人　「〈教育関係はもとより〉多くの出版社から〈若い社員の研究用〉として沢山の注文が来た」

【当時のマスコミの反響】

＊「日本経済新聞」　「しかしこの仕事、大変だったろうと思う。古本で一冊何十万円もする稀覯本の初版を、原則として一点につき三点は集め、初版そっくりに復元することに努力したというが、まことに見事な複刻ぶりである」

＊「毎日新聞」　「実に見事な出来ばえだ。紙質までそっくりで、原型の初版本の面影をあますところなく伝えている」

＊**「読売新聞」**「作業は困難をきわめたが、〈名作をじっくり味わうにはやはり初版本〉という読者の支持を得た。…隠れたベストセラーズになっている」

＊**「朝日新聞」**「たいへんな労作で収集の段階では一部神田古書街の協力もあったというが、……しかし、初版本には骨とう品としての価値があって、この全集が出たからといって古書相場に変動があるわけではない」

＊**「出版ニュース」**「正確な文学作品の資料として高く評価される。／解説書は文学的解題と共に原本造本についても詳細な解説がなされ、それ自体も貴重な資料である」

3　名作初版本の魅力――『名著複刻全集』で辿る
（図書館等における講演録より）

(1)　はじめに

今日は複刻版になった近代文学の初版本に接しながら、その魅力を振りかえって見ようという話です。今回中心的に取り上げるのは、日本近代文学館が出版社のほるぷとともに刊行してきた複刻版セットのうち、新選版・特選版・精選版の『名著複刻全集』三点セットです。

この三点セット全部で九八点一一六冊・付録三点という冊数になります。『金色夜叉』のように一点で前・中・後・続・続々編の五冊あるというような作品もありますから、九八点一一六冊という訳です。一時間半の中で、その全てをバランスよく振り返るというのは不可能ですから、こちらで選択して話題にさせて頂きます。作家の紹介や作品の内容にまでは、とても話が及ばないと思いますので、ご容赦ください（複刻セットにはそれぞれ解説書があり、第一線の評論家・研究者が要を得た解題を書いていますので、それらを参照してください）。

この三点セットは、新選版が一九七〇（昭和四五）年、特選版が四六年、精選版が四七年と一年おきに刊行されたものですが、実はその前の昭和四三年から四四年の二年にわたって『名著複刻全集　近代文学館』という最初の複刻全集が出されています。明治前期・後期・大正期・昭和期の四点セットで、全一二〇点一五九冊・付録六点。これは三〇〇〇部作ってあっという間に売り切れましたので、そのあとに広く普及するために出されたのが、この三点セットという訳です。最初のものを我々は〈親版〉と略称していますが、その中から出来るだけポピュラーなものを新選版と精選版にし、多少の新版も加え、特選版は親版に入らなかったものを敢えて選んで複刻しました。ここにあるセットは初刷りではないかも知れませんが、この三点セットは多くの読者に迎えられて増刷を重ねました。大体一回の増刷は平均三〇〇〇セット程度ですから、べらぼうに多いというほどでもありません。また、複刻版の増刷はただ機械的に印刷・製本するというような合理化は無理で、その都度資材の紙漉きをするなど、手造り的要素が不可欠ですから、あとの刷りだからといって、品質が劣るというような差異はありません。むしろあとの方が、最初の頃の製作で気付いた点を微調整している点でよくなっているともいえますので、気にしないで下さい。

〈参考資料〉に付記していますように、編集委員は、日本近代文学館の理事でもある文壇・学界の重鎮の方々ですから、近代文学の代表的名著をひとまず網羅的に選んだことは間違いありませんが、勿論十分であったとは言い切れません。

日本近代文学館は、昭和三七年の運動に始まった、文壇・学界・出版界などが結集した文学館運動の成果として、東京・駒場に実現した文学ミュージアムです。散逸甚だしい近代文学の資料を収集・保存、継承するとともに、広範な利用者に公平に公開・普及するという理想を掲げて出来たものです。文学館の話だけで何時間もかかりますから、今日は省略しますが、この複刻版の制作も、初版本を収集・保存するとともに、原本のあるがままの姿を広く伝える手段として、文芸雑誌の複刻版などとともに考えられたものです。

文学作品は、大体最初の原稿・草稿に次いで、発表した初出雑誌や、それが単行本になった初版本という順になります。研究者にとってはテキスト研究の大切な資料です。雑誌の複刻版でも原本の入手に苦労しましたが、初版本の場合はさらにそれ以上に苦労が多く大変でした。文学館運動を起こした近代文学研究者も、『昭和文学盛衰史』を書いた高見順や、『日本文壇史』

を書いた伊藤整らの作家たちも、資料探索の苦労の中から、運動に乗り出し、また雑誌などの複刻版の必要性を痛感した訳です。この辺りのことは〈参考資料〉を参照して下さい。

それでは、原本探索の苦労というようなことも交えながら、そろそろ名著複刻の制作の話に入っていこうかと思います。制作の一番肝心のところなので、ダブって話すかもしれませんし、ここを開いておいていただけるといいかもしれません。

紙漉きについての話は、担当の専門家がほるぷの説明書に書いたものをコピーしたものです。多少範囲を越えているかも知れませんが参考にして下さい。

(2) 初版原本の探索と製作

複刻版制作の最初は、初版本を収集することです。同時に著者や著者の遺族に著作権の許諾を得なければ始まりません。この当時文学館には、多くの方々から寄贈された蔵書や購入した初版本が少なからずありましたが、とても十分ではありませんでした。複刻の底本（基になる原本）は一冊では不十分で、何冊かの初版本を比較検証して、それが出版された当時の姿に最も近いものを底本と定め、それを撮影・製版して印刷に入る訳です。そこで、著者やその遺族には著作権の許諾を得る交渉とともに、初版本の所蔵の有無を確かめ、借用もしました。美本原本を持っている確率が高い訳です。また、その作家専門の研究者にも当たりました。当然、所有の可能性が高いからです。初版本収集の相談には古書通信社の八木福次郎氏に顧問になっていただき、近代文学の古書に力を注いでいる古書店にも協力を仰ぎました。その中で購入可能なものは購入していった訳です。到底購入できないものは拝借するとか…。

三点セットには入っていませんが、親版で制作したのでは、北村透谷の『楚囚の詩』、永井荷風の『ふらんす物語』『濹東綺譚』があり、これらは、古書界でも有名な稀覯本です。中野重治の『中野重治詩集』も発禁本で底本は一点のみでした。

三点セットでは、『小説尾花集』『みだれ髪』の美本、『野菊の墓』『NAKIWARAI』、『月に吠える』無削除本、『腕くらべ』『赤い蠟燭と人魚』が難関でしたが、付きものに苦労したものが多くありました。

ジャケットでは、『金色夜叉』『落梅集』『吾輩ハ猫デアル』『高野聖』『あこがれ』『一握の砂』『悲しき玩具』『有明集』『東京景物詩』『赤光』『道程』『殉情詩集』『月に吠える』『海に生くる人々』。

袋では、『新体詩抄』『文學者となる法』『若菜集』『金色夜叉』前・中・後編。

函では、『邪宗門』『土』『留女』『死刑宣告』『侏儒の言葉』『伸子』。

帯では『晩年』が極めて珍しい。

堀辰雄『聖家族』と『風立ちぬ』も限定本で限られていました。付録になった『東京方眼圖』ジャケット付きやビゴーの『東京芸者の一日』も珍本です。ジャケットや袋は散逸しやすいので、稀少になりやすい訳ですが、古書界ではこのあるなしで、かなり価値が左右されています。

また、初版本同士で異種（造本や印刷、広告等）のあったものも多く、多すぎて一例をあげるのに苦労するほどです。

例えば、『柳橋新誌』『雪中梅』『文學者となる法』『浮雲』『金色夜叉』『色懺悔』『小説尾花集』『うた日記』『有明集』『碧梧桐句集』『田舎教師』『邪宗門』『珊瑚集』『徽』『お目出たき人』『春琴抄』『赤光』『傀儡師』『道程』『雁』『羅生門』『殉情詩集』『風立ちぬ』『測量船』『如何なる星の下に』『同志の人々』『太陽のない街』『東京方眼圖』等々。

そんな苦労を想像して頂きながら、主だった初版本をもとに、特徴的なことに触れていきたいと思います。

＊和装本

複刻版の対象は明治以来昭和戦前までの約七〇年間に及ぶので、日本の出版文化史を辿るような形にもなります。そこで先ず、伝統的な和装本の姿を残した本を挙げてみます。和本の本文は大体半紙を二つに折った袋綴じのような型が基本です。そのうち坪内逍遥の『当世書生気質』『小説神髄』は大和綴じということよりで綴じた簡易なものです。成島柳北の『柳橋新誌』は四つ目綴じで、背にかけてかがっている代表的なものです。勿論資材はすべて和紙です。ここで強調したいのは、『当世書生気質』（第一号）にある口絵です。この國峰の木版多色刷りの見開き口絵などは手が込んでいて、着物の半襟と猫の毛並に透明浮出しの型押しまでしていて、これは再現に難渋した技術でした。

この口絵版画のように、木版画、石版画、コロタイプ印刷などの口絵・挿絵を使用する造本は、その後、洋本優勢の時代になってもすたれないで多用されています。この辺りが日本の和洋折衷本の面白いところです。その例として、あとで『金色夜叉』などを挙げましょう。

もうひとつ、『柳橋新誌』の表紙には黄色の染め紙に網目模様の型が空押しされています。この型押しも、さっきの着物の半襟・猫の毛並もそうでしたが、独特の表現で、その後の造本に影響を与えています。面白いのですが、複刻する側からいうと、実に面倒な技術です。多色木版画、型押しなどのことを覚えておいて下さい。

さてさっき触れた尾崎紅葉の『金色夜叉』です。全五冊にもなった当時のベストセラーですが、これはもう洋本そのもので、本文用紙も洋紙で、表紙はクロス装です。しかし、これにも折込みになった木版画や石版画が付いています。これが木版口絵の流れで、こうしたところが和本の流れと言えるかもしれません。余談ですが、この前編の口絵を開いて見て下さい。有名な貫一お宮の場面です。武内桂舟の絵ですが、ご覧のように、お宮を蹴っている貫一は靴を履いていて、背にはコートです。芝居などでお馴染みの高下駄に黒マントではなく、ずっと洒落ています。原作はこうだったのかと、これを見て、我々の記憶の方が古風だったのかと、感じ入った記憶があります。

『金色夜叉』は最初の三冊にあった袋は一通りしか見つかりませんでした。この夜叉絵は中村星湖です。解説の塩田良平氏が、「『金色夜叉』は、金夜叉、色夜叉の両者に分かつ説もあるが、この絵柄から察しても金色即ち黄金に狂う夜叉の意味であろう」と書き、高利貸しが氷菓子のアイスで、当時の流行語になったなどと書いています。またこの『金色夜叉』では中村星湖のほか、武内桂舟、河村清雄、鏑木清方などの画家が口絵を描いています。作家と画家とが造本の魅力を織りなしていく一例です。

名作「五重塔」を収めた幸田露伴の『小説尾花集』にも、富岡永洗画の多色木版刷り口絵がありますが、これなどは折込みを二重にしていて手の込んだもので、製本屋泣かせでした。

木版画を駆使して面白いのでは、鳥の子和紙の表紙に胡蝶の絵を配した、籾山書店から出された〈胡蝶本シリーズ〉です。橋口五葉の装幀ですが、谷崎潤一郎の『刺青』や森鷗外の『青年』が複刻されています。本の背にも胡蝶が描かれ、その模様の縁取りや書名が金箔押しになっていて、手が込んでいます。一種の合わせ箔押しと言ってもよく、やはり現場を苦労させたものです。

木版画の話が続いていますので、もう少し類似の本に触れてみます。

尾崎紅葉の近くにいた泉鏡花は、今日では師の紅葉よりも人気のある作家ですが、生来伝統芸能への嗜好が色濃く、作品内容はもちろん本造りにも凝った「遊び」をしています。花街小説の後期の名作とされる『日本橋』は、花街の四季を描いた、繊細・精密で情調豊かな見返し絵木版画四種と大川を描いた表紙が人目を引きつけます。題簽貼紙の函もついています。小村雪岱の装幀で、雪岱はこれで一躍世に認められたという記念すべき造本です。このような、木版画をポイントに使うという装幀は、和本の伝統を引き継ぐ和洋折衷本の名残りといってもいいかもしれません。この再現には特色オフセット印刷（つまり四原色ではなく特色を配合）で苦心しました。表紙は同じ和紙同士でヒラと背を継ぎ表紙にしていて、このような造本は、洋風仮製本の変形した〈あそび〉ではないかとも言われます。背の題は赤色の箔押し、作者名は金箔押し。貼り題簽の函入りです。原本に即して、表紙は越前鳥の子紙、見返しは手漉き楮紙、本文も特漉き機械漉き簀の目用紙で、つまり全て特別に漉いた複刻版です。複雑で魅力ある本造りではありませんか。

『日本橋』よりも先に出た『高野聖』は、神秘幽玄の世界を描いた代表作で、鏑木清方画の口絵コロタイプも妖しさを漂わせています。このコロタイプ印刷というのは同じ印刷方法で再現できた例です。表紙は和紙と布の継ぎ表紙で三色箔押しをしています。この布あるいはクロスと紙の継ぎ表紙という造本形式もよく使われた例なのです。合わせ箔押しというのもひとつの特色です。ジャケットがついています。

さて、これからはややアトランダムですが、作家を中心に色々な特徴に触れていくことにしましょうか。

＊夏目漱石『吾輩ハ猫デアル』

ありきたりの導入のようにも思われますが、まず一例に夏目漱石の本を取ってみましょう。ご存知『吾輩ハ猫デアル』の表紙とカバーです。上・中・下編の三冊で、いずれも菊判・紙表紙ですが、表紙や背に猫の絵や文字の色刷りに金箔押し、さらにアンカット本です。その上、本の上部に天金まで施していて、贅沢です。橋口五葉の装幀や挿絵、中村不折や浅井黙語の挿絵があり、猫の絵のジャケットにくるまれています。表紙の立派さ、ジャケット付き、天金本で、いわゆる読者が買ってから自分の好みで装丁をしていく、という風な意味のアンカット本ではありませんが、漱石の好きなように、そして漱石の好きな一流画家たちの装幀・挿絵を身にまとって立派に出来ています。漱石初版本に共通する造本の粋は、美術史的にも貴重な出版文化史の遺産です。このアンカットや天金という、造本の特色にも注目しておいて下さい。「ホトトギス」（明治三八年一月〜三九年八月）に連載中の頃から評判だった『猫…』は、上巻初版が二〇日間で売り切れたといいますが、こうした造本も評判だったと言われます。

漱石については、後に一九七五（昭和五〇）年「名著複刻漱石文学館」（二三点二五冊）として主要初版本の全集を出しましたが、ここの三点セットでは四冊を複刻刊行しています。『吾輩ハ猫デアル』のほかに、『鶉籠』『三四郎』『こゝろ』です。『鶉籠』には「坊っちゃん」「二百十日」「草枕」の三編を収録していますが、これも装幀は橋口五葉。表紙は厚手で表裏・背にわたり全面草色の花模様の空押しがあります。さっきも出た型押しの例ですが、これは表紙全面にわたっているため、その型を造る彫金も、押しの作業も手のかかるものでした。単純なようでいて、漱石はそうたやすい造本をしていません。

ここで、ひとこと追加しますと、この表紙は特漉きの機械局紙をあらかじめ草色に染めるというやり方をしたので、原本通りではありません。毀れやすい当時の原本より、保存に強い複刻版を造るという基本方針を貫いています。

さらに、「それから」「門」との中期三部作のひとつ『三四郎』も、橋口五葉が装幀で、漱石と橋口五葉の連携が際立っている例です。見返しにも扉絵にもたんぽぽを配した装幀。そして表紙は麻布に二色刷り装幀です。

また『こゝろ』の装幀は、漱石自身が全てにわたって考案したものとして有名です。表紙の模様に使った中国で最も古い「石鼓文《せっこぶん》」を配した装幀は、後に同じ岩波書店から刊行され続ける『漱石全集』の装幀の基になったというもので、漱石の並々ならぬ意気込みが、見返しや扉に到るまで及んでいます。見返しの紙も難しく、唐紙と洋紙の合紙で、くすんだ黄色地に緑色模様、見返し裏は白だが、複刻版では上質の手漉き楮にクリーム帳簿用紙を合紙して原本に近づけました。本文も簀目入り洋紙ですが、長塚節の『土』などと同じく、越前で特別に機械漉きしたものです。

唐突に『土』が出たので、ここで表紙を紹介しておきましょう。装幀は平福百穂で函付きです。資材の用紙が洋紙もクロスも大正三〜七年の第一次世界大戦の時期に、輸入困難になり、布表紙の代替などもありましたけれど、逆にそのことによって、国産製紙・クロスの製造が促進されました。各複刻本ごとには触れられませんが、表紙・見返し・扉などは、特漉きの紙が多く、さらに本文用紙についても特漉きをしていることを報告しておきます。和装本の本文の和紙を機械で漉く苦労は、資料にも記しましたが、洋紙の本文用紙も特漉きが多いのです。『猫…』の本文用紙は現存する製紙会社の書籍用紙で類似のものが見つかりましたが、あとの三点は洋紙ではありますが、現在にはない簀目入り書籍用紙で、類似のものがありませんでした。そこでこれも越前・今立の紙漉き地域の製紙会社に、簀目の入った、若干くすんだ書籍用紙を特別に漉いてもらう実験を重ねました。これで成功したのが、通称「機械漉き簀目入り明治本文用紙」という用紙で、『鶉籠』『三四郎』『こゝろ』ともに、これを用いました。他にもこの用紙を使った複刻本は多く、特漉きでの量産に道を開いた訳です。

＊与謝野晶子『みだれ髪』

さて漱石に少々時間を割きましたが、さらに何冊かを見てみましょう。次は、いつも評判になる与謝野晶子の『みだれ髪』にしましょう。何よりも「みだれ髪型」とも言われた〈袖珍本〉の判型と、洒落た装幀が目を引きました。晶子より前に藤島武二の絵の目次があり、その次に「鳳晶子」の目次が来ます。実家を出て与謝野鉄幹のもとに身を寄せている頃です。「やは肌のあつき血汐にふれも見でさびしからずや道を説く君」など三九九首の短歌を収めていますが、（再版は未見）二年後の三版ではかなり手入れが行われ、与謝野晶子の著者名になっています。初版本の姿は最初のものでしか見られません。「表紙画みだれ髪の輪郭は恋愛のハートを射たるにて、矢の根より吹き出でたる花は詩を意味せるなり」と記されていますが、よく見ると「みだれ髪」と「み」が片仮名になっています。装幀・挿絵を描いた画家・藤島武二とのまさに合作ともいえる本で、グラフィック・デザイナー原弘さんは「当時ヨーロッパで流行のアールヌーボーの様式が完全に取り入れられている」と書いています。

しかし、この初版本の美本は殆どなく、原型の模様の色も判りにくいほどボロボロで毀れやすい造本でした。仙台在住の所蔵家が、晶子に送られた時のまま大事にしているというのを、やっと借用できて底本となり、傷んだ何冊かと照合して製作出来たといういわくつきの本です。今でも表紙のきれいな美本は出ないといわれます。

先ほど『青年』と『刺青』がありましたから、森鷗外と谷崎潤一郎に触れますが、その前に永井荷風をやりましょう。

＊永井荷風『珊瑚集』『すみだ川』『腕くらべ』

永井荷風は親版の時に稀覯本中の稀覯本『ふらんす物語』をやって難儀しましたが、ここでも三点、『珊瑚集』『すみだ川』『腕くらべ』が入っていて、やはりいずれも稀覯本に属します。荷風はどれも大変です。

『珊瑚集』は上田敏の『海潮音』や、後の堀口大學『月下の一群』（親版で複刻）などと並んで、名訳詩集のひとつと言われますが、初版一二〇〇部を出したのみで重版はありません。原本には二種あって、表紙が赤色叢雲地・見返しマーブル横目模様、もう一種は表紙が黄地に珊瑚模様・見返しマーブル縦目模様というのがあり、どちらが先刷りか、あと刷りか判りません。複刻版では後者のものを採用しました。見返しのドイツ・マーブル（＝大理石。墨流しの方法で染める）紙は精巧な手造りで、当時欧米でも豪華本に使われた輸入紙です。複刻では再現に苦労し、グラビア印刷という方法で再現しました。従って輸入のマーブル紙ではありません。表紙も背のクロスとの継ぎ表紙で、それに天金本で、函入りです。やはり、豪華本と言ってよいでしょう。

『すみだ川』は同名の初版本が籾山書店の胡蝶本の一冊として出されていましたが、これは「小説・戯曲集」なので、著者の青少年期を背景にした作品「すみだ川」一編のみを採った本を事実上の初版本として複刻しました。従って、やはり刊行部数も少なく稀覯本といえます。荷風の新橋遊興時代の記念碑的作品といわれる『腕くらべ』は、雑誌に発表した（「文明」大正五年八月〜六年一〇月、断続連載）あと、私家版と公刊本を作ったという経緯があります。発禁（文明批評・風俗壊乱）となる個所約一万数千語を削除して流布本（新橋堂、春陽堂などから重版）として刊行されました。私家版は僅かに五〇部を刷って知人に配られたもので、戦前はこの無削除の内容はこれのみでありました。複刻版はこの私家版を採用したので、まさに稀覯本です。文学館に寄贈された中に荷風自筆訂正の入った原本を所有していたので、可能になったともいえます（この訂正は直してはいません）。ともかく、荷風の本は色々あって大変です。今でも古書価値の高い作家の一人です。

＊堀口大學『月下の一群』

唐突ですが、さっきの堀口大學の『月下の一群』（大正一四年、第一書房刊）にひとこと触れておきます。造本上極めて豪華で、そのために複刻に苦労した一冊で、親版で苦労したので、三点セットでは製作を避けていましたが、後の『名著複刻　詩歌文学館』で落とすわけにいかず、再複刻したものです。堀口大學の処女詩集『月光とピエロ』（大正八年、籾山書店刊）も複刻していますが、この『月下の一群』は、第一訳詩集『昨日の花』など十数冊に及ぶ訳詩集のなかで、最も集大成された豪華訳詩集です。海外在住の永かった大學は、上田敏の訳詩集『海潮音』を知らず、かえってそれが西欧・近現代詩の翻訳を清新なものにしたと言われます。六六詩人・三四〇篇を収録した七五〇頁余の大冊（装幀・長谷川巳之吉、扉・長谷川潔）で、定価四円八〇銭の高額にも拘わらず、初版一二〇〇部は数ヶ月で売り切れました。昭和初期のモダニズム系詩人たちに多くの影響を与えました。何といっても造本が豪華で、典型的な洋製本の一冊です。丸背・背革・継表紙で、さらに天金。本文用紙もイギリス輸入の透かし入りフールス紙です。類似の本文用紙にも苦労しましたが、何よりも厚い背革に施された、細密な装幀の金箔型押しで、この彫金に苦労しました。

それでは鷗外と谷崎にいきましょう。荷風の後だから谷崎がよいのですが、古い順で鷗外にしましょう。

＊森鷗外『うた日記』『青年』『雁』『東京方眼圖』

森鷗外はここでも、『うた日記』『青年』『雁』と、文学作品ではないので付録になった『東京方眼圖』の四冊が複刻されています。

『うた日記』は日露戦争従軍時代の軍医・森林太郎が余暇にまとめた戦争文学の先駆けなどと言われますが、それにしては、訳詩を含めた詩六四篇、短歌・長歌等三四二首、俳句一七二句などを収め、久保田米齋、蘆原緑子、寺崎広業らの挿絵や写真が四六葉も付いた四八〇頁を越す、分厚い本です。麻布の表紙に緑の箔押しで、半月型の切込みが入った変わった函入りの本です。造本常識からいえば、ツカが厚すぎて、見返しが弱く、毀れやすい本です。複刻するには、相当製本屋泣かせの本だったと言わざるを得ません。これなどは、本の強度を持たせるために、背の部分をクータにする現在の技術を駆使して再現しています。

『青年』はさきほどお見せした籾山書店の胡蝶本の一冊（二四冊）です。橋口五葉の装幀のこの胡蝶本は表紙の基本の色（地色）に三種類あって、この『青年』は朱色です。金の箔押しが細密です。漱石の『三四郎』刊行の翌年に書かれた（「スバル」明治四三～四四年に連載）もので、競作の意識があったのではないかと言われる青春小説です。この中で、三四郎と同じく地方から上京した青年が、「東京方眼圖」を携えて、作家の家を訪ねるシーンが描かれますが、それがこの複刻版です。鷗外が立案した方眼地図の元祖ともいうべき地図帳で、区分別の帖仕立てで、一枚図も付いています。これも『みだれ髪』のように縦長の袖珍本ともいえる本で、袖やポケットに入りやすく出来ています。紺のクロス表紙に色箔押しをし、ジャケットも付いた凝ったもので、すべて揃った原本は、現在では殆んどありません。

もう一点『雁』ですが、表紙は絹の繻子で、赤と青の二種類の本があります。親版では青表紙を複刻したので、新選版では赤表紙にしました。表紙のふちに金の枠押し、背文字にやはり金箔押しをしただけの装丁で、天金本。瀟洒で贅沢な本です。横山大観の雁の口絵が付いています。

＊谷崎潤一郎『刺青』『盲目物語』『春琴抄』

先ず文壇の注目を集めた初期短編「刺青」「麒麟」など七篇を収めた『刺青』です。これも先ほどの『青年』と同じく、籾山書店の「胡蝶本」シリーズの一冊で、こちらの表紙の地色は紫です。複刻では特漉きの和紙のほか、この箔押しがずれないように苦労したことは、前にも述べたとおりです。

『盲目物語』は表題作や「吉野葛」など四編を収録した横長の大型本です。谷崎自身が「作者自身の好みによるものだが、画、表紙、見返し、扉、中扉等の紙は、悉く「吉野葛」の中に出てくる大和の国栖《くず》村の手ずきの紙を用いた」と言っているように、本人が造本・装幀に凝った本です。口絵には愛する根津夫人の肖像画を配し、題字の筆も根津夫人ではないかと言われる思いのこもった特製本です。複刻では、和紙の特漉きは勿論、本文のコットン紙風の紙も入手できる紙ではないので、越前で機械特漉きにして、その風合いを再現しました。

『春琴抄』の内容は有名すぎるくらいの、谷崎四七歳の名作ですが、初版本は本造りの常識から外れているといってもよい本です。表紙が漆塗りの本なのです。それも朱漆と黒漆の二種類を同時に作ったというのです。親版では朱漆本を複刻したので、新選版では黒漆本を採用しました。したがって漆塗りの再現は親版の時に経験しました。これをどう再現すればよいのか。背のクロスは余り強靭でない布で表紙と継ぎ表紙にしてあり、背文字は金箔押しです。これは何とかなるが、表裏のヒラの漆にはハテナ（？）でした。製作担当の会社と一緒になって首をひねった一冊です。これも越前（福井）の紙漉き地域の近くにある漆工房に実験して貰うことになり、原本は壊せませんから、何とか推察して貰い、厚いボール紙に漆を塗ったのだと判断しました。

実際に厚いボール紙を砥の粉で磨いて、漆を塗る作業になります。最初は紙に浸み込んで艶など出ません。乾かしては何度も塗り付けていくうちに、段々艶が出始める。最低七回、多い時は一〇回と聞きました（漆は湿気の室で乾かすのでかぶれた話も）。そうやって塗りが安定したあと、金文字で題字を書くのです。原本では蒔絵風に金で手書きしたと想定されました。

何冊も比較すると僅かにずれがあったりして判ったのです。複刻版ではそれが出来ませんから、題字のゴム型を作って、金泥を押し塗りするという手法を選びました。見返しの緑の揉み紙和紙は、同じように特漉きし、本扉の黄色三椏《みつまた》紙は同じように三椏で特漉きしました。ボール紙の帙が付いていますが、これは原本よりも少し強度をよくしました。まあ、本文の文章を全て罫引きの線の間に活字を組むという凝り方といい、この『春琴抄』は作者の造本への並々でない執着が感じられたものです。これが未晒しの黄色いボール紙の帙に収まっているのですから、何ともいいようがありません。『春琴抄』には他に特別に作った特装本というのも数冊ありますがここでは省略します。

漆を塗る本というのは初めての経験でしたが、その後『名著複刻　漱石文学館』をやる時に、漱石の『草枕』の表紙で和紙三色刷りに黒漆の型押しというのに出くわし、『春琴抄』の時の経験が生きました。漱石も造本には厄介な人だったのです。

＊島崎藤村　『若菜集』『落梅集』『破戒』／田山花袋　『田舎教師』／徳田秋声　『あらくれ』

硯友社の紅葉や鏡花に触れながら自然主義の作家を飛ばしていますから、戻って、藤村と花袋に触れておきます。

島崎藤村は最初詩人として出発します。ここでは『若菜集』『落梅集』を複刻しています。

五一篇を収録した最初の『若菜集』も、「椰子の実」や「千曲川旅情の歌」など二四篇を収めた第四詩集の『落梅集』も紙装・角背の並製本で似たような造りです。両方とも中村不折装幀の表紙多色刷り、さらに不折の別丁挿絵がそれぞれ二五葉と一二葉も挿入されている、その点では贅沢な本造りです。本格的な自然主義小説の作家として、藤村の地位を確立した『破戒』と『春』は、藤村が自ら「緑蔭叢書」として自費出版に踏み切った第一編と第二編です。イギリスの出版社（ハイネマン社）の体裁にヒントを得たといわれる清楚な装幀は緑色下地に濃緑の文字印刷で、角背。しかし、印刷所から販売所まで、自ら荷車で運んだという苦労が実って、『破戒』は初版一五〇〇部が一〇日で売り切れたといいます。『破戒』には鏑木清方の口絵二葉、『春』には和田英作の口絵一葉がついています。

藤村と並び称される自然主義の作家・田山花袋の『田舎教師』は、五四二頁という大型（菊判）長編で、造りは贅沢です。製本にはかなり無理がかかっているので、毀れやすく、なかなか美本は残っていません。表紙は和紙に型押し装幀で、ホタルの絵に光が描かれているのですが、これが判りにくく判定に苦労しました。岡田三郎助の口絵つき。函も夫婦函という一種の合わせ帙で、印刷も鮮やかで、函裏に指穴まで開けています。

自然主義の作家・徳田秋声『あらくれ』は地アンカット本（化粧裁ちなし）で、表紙に三色刷りの箔押しがあるのですが、この緑のもとの色が判る原本がなく、いわゆる経時試験（褪色試験）などをして箔の元の色を割り出しました。それまでに何冊も違う箔色の表紙を試験製作した経緯があります。

＊佐藤春夫『病める薔薇』『殉情詩集』

藤村が出ましたから、次は藤村と並ぶ詩人で作家の佐藤春夫にしましょう。詩人で作家ですが、彼の場合は詩集の方があとの出版です。第一著作集『病める薔薇』、第一詩集『殉情詩集』を複刻しています。『病める薔薇』は二七歳の時に、「西班牙犬の家」「病める薔薇―或は田園の憂鬱」など九編を収録、親友・谷崎潤一郎の序文付きです。背クロス・継ぎ表紙・背文字金箔押し・花布付き・函入りのごく普通の造本です。このあと谷崎との有名な絶交があり、その傷心の年に詩篇二三篇を収めた『殉情詩集』が出されています。この表紙はご覧のように更紗模様の絹布のくるみ表紙で、愛用の英国製ネクタイの模様に模したといいます。タイトル金箔押しです。同じ装幀の紙表紙の原本もありますが、複刻版は絹装の方にしました。薄い本ですが、アンカット本で、珍しくスピン（しおり紐）が付いています。この表紙の模様の再現は面倒で、羽二重に更紗模様をシルク印刷しました。口絵カラーに自画像を使っており、これは二科会に出品した絵だということです。一番困ったのは薄いパラフィン紙に青色印刷をしたジャケットが付いていたことです。稀覯中の稀覯で個人所蔵の一点しか見られませんでした。

＊石川啄木『あこがれ』『一握の砂』『悲しき玩具』

それでは、しばらく詩人の方にしましょう。

先ず石川啄木でしょうか。啄木は『あこがれ』『一握の砂』『悲しき玩具』を複刻しています。明治三五年郷里を捨てて上京、与謝野鉄幹の知遇を得て「明星」に詩を発表して注目を浴びた啄木は、二〇歳にして第一詩集『あこがれ』を出しました（明治三八年五月）。第一歌集『一握の砂』を出すのはその五年後（明治四三年一二月）です。二七歳で早世した啄木ですから、生前刊行のものはこの二冊だけです。啄木のものはいずれも稀覯本で入手困難なものばかりです。『あこがれ』のジャケット（表紙）も稀少ですが、二冊を比較できました。

『一握の砂』は、「東海の小島の磯の白砂に／われ泣きぬれて／蟹とたはむる」など、三行書き短歌五五一首を収録。妻の入院、長男の出産、夭折（二四日で死去）という心労の中で、愛児の死を悼む八首を校正の時に加えて出版しました。角背の厚表紙で上製ですが、やはりジャケットは稀覯で、初めはジャケットなしで複刻、その後函館図書館にあることがわかって、五刷り以降にやっと複刻に間に合わせたといういわくつきのものです。

『悲しき玩具』は啄木の死後、歌稿ノートを托された土岐善麿が編んだ歌集（明治四五年六月刊）で、この造本でいえば、天金で、地袋アンカット（地の小口が化粧裁ちなし）というあたりが特徴かと思います。このジャケットも稀少で底本には個人所有の一冊しか使用できませんでした。

＊高村光太郎『道程』

高村光太郎の『道程』は、千恵子と結婚する直前に自費出版したもので、父から貰った二〇〇円で二〇〇部刊行したという稀少本です。装幀は内藤鋠策。茶色紙に赤色印刷のジャケットがあります。

＊北原白秋『邪宗門』『思ひ出』『東京景物詩及其他』

次は白秋です。北原白秋もここでは三冊複刻されています。刊行順に『邪宗門』『思ひ出』『東京景物詩及其他』です。白秋の本はどれも凝っていて、いささか複雑です。『邪宗門』は二三歳の時の第一詩集で、一二一篇を収録。ご覧のように表紙の中ほどで赤クロスと更紗模様の和紙との継ぎ表紙で、クロスの部分の南蛮寺鐘と背の装幀が金箔押しです。更紗模様の部分には、蝮・毒草・禽獣があしらわれています。天金、アンカット本の豪華本です。装幀者は石井柏亭で、中の挿絵十葉は柏亭と山本鼎が描いています。函も凝っていて、薄ネズミ色胡粉刷りの貼函で、桜模様の切込みがあります。豪華本です。別に民芸紙風和紙と草毛入り和紙の継ぎ表紙の異本もありますが、本命はこちらだと判断しました。この函付きの原本も入手困難です。

『思ひ出』は第二詩集で、「抒情小曲集」と称しており、「わが生ひ立ち」と題した長い序文と一九〇篇の詩を収録しています。解題執筆者の木俣修は、「外光の強烈な印象を歌ったものが『邪宗門』であるとするならば、顫えるような内面の波動を伝えたものが『思ひ出』であるといってもよい」と書いています。やや小型の菊半截本というポケットサイズです。表紙はご覧のトランプの女王ですが、これは本文が凝っていて、全頁に朱色の枠をとって、その中に本文を刷っています。故郷・柳川に因んだか、司馬江漢の銅版画になる水郷柳川の風景が一頁挿入されています。白秋の自装とされ、白秋自身が描いたカットも数葉配されています。タイトル赤刷りの函付きです。

『東京景物詩及其他』は第三詩集で、〈パンの会〉の耽美主義時代の作品が中心です。これも白秋の自装で、紫紺染めの和紙の丸背本で、表紙の表裏ともに金箔押し、天金、アンカット本のやはり凝った造本です。本文のあちこちにある中見出しも緑色で刷られています。船に乗る男女の木版画が一葉付いていて、これもジャケット付きです。

＊萩原朔太郎『月に吠える』『青猫』

萩原朔太郎も大事な詩人で、『月に吠える』が第一詩集です。森鷗外をして、「日本に初めて象徴詩が生まれた」と言わしめた詩集ですが、「愛憐」「恋を恋する人」二篇が風俗壊乱で発禁になるところを、その二篇を削除して市販を許されたという、いわくつきの本です。発禁という事情が多くあった時代です。市販の削除本は三〇〇部がすぐ売り切れたということですが、近親者や友人に内輪で配られた無削除本というのがありました。複刻本はこの無削除本です。アンカット本で、装幀・挿絵等は画家・恩地孝四郎と田中恭吉です。もともと田中に依頼していたところ、田中が急死し、恩地に頼んだといういきさつがあり、恩地は自分のは三点にし、あとの口絵、挿絵、ジャケットは田中が残したものを使ったといいます。現代に通用する斬新な抽象画が主体で、これも詩人と画家の交響曲のような魅力的な造本となっています。ずっと続いてきた木版画等の流れが、ここで頂点に達していると言ってもいいかも知れません。無削除版は市場には出てこないので、値段など想定外だと言われている大変な稀覯本です。

第二詩集『青猫』も影響力の大きかった詩集です。青猫の青は「Blue」を意味し、希望なき、憂鬱なる「物憂げな猫」などと、作者も説明しています。後に出た『定本青猫』とはかなり内容的に異同があり、別の本と考えた方がよいとのことです。角背のクロス表紙に簡素な表題紙を貼った装幀ですが、ブックデザイナーの原弘さんは「今見ても新鮮で好きな装幀は、萩原朔太郎の『青猫』である。／無地の布装に黒一色刷りの活字だけのラベルを貼ったものだが、活字の大きさ、字配り、その貼り位置、すべて間然するところがない。著者の好みのようである。脱帽」と書いて、この装幀をデザインの粋と、最も高く評価していました。

＊宮沢賢治『春と修羅』『注文の多い料理店』

次いで宮沢賢治です。第一詩集『春と修羅』と童話集『注文の多い料理店』です。賢治生前の刊行はこの二冊だけでした。そしていずれも自費出版です。著名な版元で製作した訳ではないので、造本ももろく、壊れやすい点が共通しています。『春と修羅』は花巻の出版社で、活字が揃わず、組み上がった頁を校了にすると、それを崩して次を組むというやり方で作ったと言われています。紙も賢治が調達して一〇〇〇部印刷したが、取次に廻されたか不明で、半分も売れたかどうかと言われています。高村光太郎や草野心平ら目のある人々は注目したが、生前はこのような状況でした。加除書き入れの多い詩人で、遺族のもとに訂正本が残っていました。表紙は荒目の寒冷紗風の布に、アザミの絵柄を青刷りしていますが、複刻ではシルク印刷という手法で再現しました。変わっているのは、表紙の三方がコバ折り（雁だれ）になっていることと、天（上部）に藍色の天染めをしている点です。天金ではなく色染め（色塗り）というのがユニークです。お馴染み「注文の多い料理店」「どんぐりと山猫」など八編収録の『注文の多い料理店』は角背の紙表紙で、多色刷りの絵柄（菊池武雄装幀）を貼付しているだけで、特に変哲はありませんが、初版本の需要は未だに高いようです。

＊萩原恭次郎『死刑宣告』

詩集では、大正末期のアヴァンギャルド運動の象徴とでもいうべき萩原恭次郎の『死刑宣告』に触れておきましょう。八三篇の詩を収録していますが、活字の組み方や大きさなど常識を逸脱した構成です。西欧帰りの村山知義や岡田龍夫ら前衛的な画家らが、装幀・挿絵などを担当し、それまでの本の形を壊した本を作ろうと図った訳で、さすがに金具を貼るというような意図は実現できず、表紙（表紙裏）は貼紙になっていますが、大胆な本でした。小口アンカット本で、函付きです。戦前の実験的な造本の極致といえるでしょう。再版本が出ていますが、この初版のような大胆さはなくなっています。

＊芥川龍之介『羅生門』『傀儡師』『侏儒の言葉』

ここから、大事な作家たちを紹介しましょう。まず芥川龍之介です。芥川は後に「名著複刻 芥川龍之介文学館」（二二点二二冊）という複刻個人全集を造ったくらいの人気作家ですが、ここでは『羅生門』『傀儡師』『侏儒の言葉』の三冊を複刻しています。

『羅生門』は「羅生門」「鼻」「芋粥」など一三篇を収めた第一創作集です。師の漱石と並んで、本造りに凝った芥川は、この本は自装にしています。木綿に藍染めの表紙で、貼り題簽の字や扉の漢詩（「君看雙眼色、不語似無愁」）は恩師の菅虎雄に頼み、献辞の頁は黄色い唐紙にするなどスタイルにも材質にも凝った造本です。『傀儡師』は「地獄変」「蜘蛛の糸」など珠玉の短篇一一篇を収めた第三創作集で、これも芥川自身の装幀といわれます。見返し等が凝っているということでしょうか。『侏儒の言葉』は小説ではなく、「文藝春秋」創刊号以来書き続けてきた箴言・警句・断片などを収録したアフォリズム集です。例えば、「天才とは僅かに我々と一歩を隔てたもののことである。同時代は、常にこの一歩の千里であることを理解しない。後代は又この千里の一歩であることに盲目である。同時代はその為に天才を殺した。後代は又その為に天才の前に香を焚いてゐる」などと書いています。表紙装幀は小穴隆一で、小穴は芥川の著書の多くを装幀した画家として知られています。複刻では表紙の木版の味を出すためにオフセット、コロタイプの併用印刷をし、また本文紙は厚手の自然色コットン紙を特漉きしました。

＊室生犀星『性に眼覺める頃』／堀辰雄『聖家族』『風立ちぬ』

芥川の次には、室生犀星と堀辰雄です。

詩人で小説家の室生犀星は、ここでは自伝的色彩の濃い小説七編を収めた『性に眼覺める頃』を複刻しています。青色和紙に金と赤の合わせ箔押しをした洒落た表紙で、函付きです。

犀星の友人堀辰雄はこのところ人気だということですが、アニメの「風立ちぬ」ブームからでしょうか。ある古本屋さんが、『風立ちぬ』を探す女子学生が増えたと言っていました。ここでは、『聖家族』と『風立ちぬ』を複刻しましたが、両方とも堀辰雄らしい垢ぬけた本で、シンプルで美しいです。

『聖家族』はその心理描写で作者の名を高めたといわれる作品ですが、内容にふさわしい瀟洒な小型本で天地一五六ミリ×左右一一九ミリの変形、文庫本のような型。あるいはこれも袖珍本と言ってもよいでしょう。上製本一五〇部、普及版三五〇部が発行されましたが、複刻版では上製本の方をとりました。文学館所蔵の限定本がありましたので、これを底本とし、その限定番号No.86と、扉にある著者署名も、そのまま刷りこみました。勿論借用何冊かと照合しました。これが造本的には、まさにフランス装アンカット本に近いものではないかと思われます。堀辰雄も意識してやったのでしょうが、アンカットの折り帖を三方折込み表紙でくるんで、さらにその上に仮表紙を別仕立てで造り、函に収めてあります。購入した人は、これをばらして自分好みの（例えば革製とか）本に仕立て直して愛用して下さいという、いわゆるフランス装の好みなのではないでしょうか。原本にも越前局紙使用と書かれていましたが、複刻版用にはやはり越前で漉きましたが、機械漉き局紙にしました。

『風立ちぬ』もやはり限定五〇〇部の出版でした。菊判・三方継ぎ表紙。これは芯ボールの三方角を削り、襖紙を貼ったものです。襖大の大きな紙から裁断しているため、一冊一冊模様が微妙に違います。当然類似の用紙が入手できないため、特種製紙のマーメイドリップという書籍用紙に薄クリーム地の色を印刷、襖紙模様はオフセット印刷にしました。本文表紙は輸入のフールス紙で、入手不可能なので、比較的類似の十条製紙クリームOKフールス紙というのを使いました。これも函入りです。

＊有島武郎『生れ出る悩み』『或女』／武者小路実篤『お目出たき人』『或る男』／志賀直哉『留女』『大津順吉』『夜の光』

白樺派の三人のこれだけはというポイントをお伝えしておきましょう。有島武郎、武者小路実篤、志賀直哉ですね。

有島武郎は自ら好みのスタイルで出版するという方針を貫き、「有島武郎著作集」というシリーズとして最初は新潮社から、第六集『生れ出る悩み』から叢文閣で刊行しました。フランス装に近いアンカット本で、装幀は弟の画家・有島生馬が担当しました。第八、九集の『或女』前・後編も同じです。島崎藤村も「緑蔭叢書」シリーズをやりましたが、こういう垢ぬけた出版の仕方もあるという一例でしょうか。

武者小路実篤は初期の『お目出たき人』と自伝的作品『或る男』です。『お目出たき人』の装幀は有島生馬で、ジャケット付きです。『或る男』はラフな身晒しの麻布表紙に黒のインク押しです。また志賀直哉は『留女』『大津順吉』『夜の光』の三点です。「剃刀」「濁った頭」など一〇篇を収録した最初の短編集『留女』は荒目の布に緑の箔押し、函付きですがこの函は入手困難です。出世作「大津順吉」や「清兵衛と瓢簞」など七篇を収めた第二創作集『大津順吉』は、菊半截本（文庫本に近い）ながら、アンカット本です。原本は汚損の酷いものが多く、初版美本は入手困難です。また初期のものも含む中期の作品集『夜の光』には「范の犯罪」「城の崎にて」「和解」など一四篇を収録。表紙・見返しに白樺派と親交のあった画家・陶芸家のバーナード・リーチが装画を描いています。函の有無は謎のままです。実篤、直哉に共通しているのは、その渋さというか、有島もそうですが、白樺派の派手さのない落ち着いたたたずまいといった感触かも知れません。

＊横光利一『春は馬車に乗つて』『機械』／川端康成『感情装飾』『伊豆の踊子』『淺草紅團』

昭和に入っての、新感覚派の作家も忘れてはいけません。横光利一の『春は馬車に乗つて』は新感覚派の象徴的な短篇「無礼な街」「静かなる羅列」など一一の短篇を収録し、中川一政の木版五色刷りの装幀が洒落ています。丸背・花布あり。函付き。『機械』は新感覚派時代の八篇を収録した豪華本で、抽象的な佐野繁次郎の装幀が斬新な効果を挙げていて、現在にもそのまま通じるような造本です。表紙の一部に赤枠を刷り、さらに赤い薄紙を貼っていて、不思議です。花布あり、函付き。

川端康成のいわゆる掌編小説三五篇を収録した第一創作集『感情装飾』は、吉田謙吉装幀の表紙と函が洒落た味わいを醸し出しています。本文用紙は輸入コットン紙を使用しているが、背固め悪く毀れやすいので、複刻では別のバルキー用紙で再現に苦心しました。第二短編集の『伊豆の踊子』は「葬式の名人」「十六歳の日記」など一〇篇を収録し、やはり吉田謙吉が表紙・扉・函の装幀をしています。川端が「伊豆の踊子は湯が島温泉の着物を着ている」と喜んだ、伊豆の風趣を細かく描いた洒落た装幀です（扉の絵は逆ではありません）。湯ヶ島の同じ宿に泊まった梶井基次郎が、熱心に校正を手伝ったというエピソードがあります。浅草物中編六篇でまとめた『浅草紅團』もこれまた吉田謙吉の装幀です。浅草カジノフォーリー時代の雰囲気を捉えた瀟洒な三色刷りです。花布あり、函付き。太田三郎の挿絵もあります。以上川端の三冊は吉田謙吉とのコラボレーションといってもよく、まさに時世粧を今に伝えてくれます。

＊小林多喜二『蟹工船』／葉山嘉樹『海に生くる人々』／徳永直『太陽のない街』／太宰治『晩年』／三好達治『測量船』／小川未明『赤い蠟燭と人魚』

同じ時期のプロレタリア文学ですが、もう時間がありませんので小林多喜二の『蟹工船』の装幀は須山計一、葉山嘉樹の『海に生くる人々』と、徳永直の『太陽のない街』は柳瀬正夢ということだけに触れておきます。

梶井基次郎の『檸檬』、林芙美子の『放浪記』、宮本百合子の『伸子』なども触れられなくて残念です。また昭和一〇年代の作家伊藤整は大正一五年に出した詩集『雪明りの道』を複刻しました。高見順の『故舊忘れ得べき』『如何なる星の下に』、太宰治の『晩年』なども話したいことが色々あるのですが、『晩年』はアンカット本で、帯付きという珍しさがあったことに触れておきます。

三好達治の第一詩集『測量船』は、襖紙で装った表紙なので、同じ表紙はありません。革の丸背・継表紙で瀟洒です。複刻では手のかかった一冊です。また小川未明の『赤い蠟燭と人魚』は、赤い表紙に岡本太郎の絵を型押しした天金本で、このジャケット付きは一冊しかありませんでした。

新選・特選・精選の三点セットで九八点ありますけれど、ご了解ください。

(3)　おわりに

皆さんだんだんお気づきのように、原本あるがままの複刻を目指したとはいえ、一〇〇パーセントの再現は無理で、どこまで肉薄できるかが課題だった訳です。明治期などの洋紙は殆んど輸入紙で、現存するものはなく、漂白の度合いをはじめ品質的にも概して良くないので、現在の紙で底本に近いものを選び、色調、簀目などを再現するために、機械での特漉きを試験し実施しています。表紙の布やクロスの品質、特染めなどもそうした経緯があります。和紙そのものの方が、楮、三椏、雁皮、麻などの材質で、昔ながらの手漉きが可能な訳で、この方が九〇パーセント近づけられた訳です。

何といっても、初版本は活版印刷で活字の凹凸があり、紙面に立体感を感じさせますが、複刻版は写真製版のオフセット印刷だから、平版な感じは免れない。木版画はもう木版そのものでは再現できないのです。

昭和四三年に複刻版を始めようとした時、文学館としては、造本に明るい岩波書店の藤森善貢氏や印刷・製本会社のプロの方々の助言を受け、編集委員会での基本方針に取り入れました。そこで、初版本に忠実な再現を目指すのは当然だが、現代の印刷製本上の最新の技術を駆使して、目立たぬように、しかし精密・堅牢な複刻にするというのが要求された訳です。ある意味で逃げ道ですが、全く同じというのは無理な訳です。編集委員長の稲垣達郎先生は、一〇〇パーセントのどこまで迫れるかだ、とよく言われました。複刻の「複」の字をあえてこの複製の複に主張したのも稲垣先生でした。あくまで複製、覆すことは出来ないのだという訳です。また藤森善貢氏は、複刻の刻は板刻の刻、木版を元と同じように彫って刊行する、複製とは違うと主張しました。その、複と刻を合わせた複刻なわけです。

〈参考資料〉に制作のことを色々書きましたが、初版本探索の苦労と制作上の苦心が大きな柱です。制作上のこともそれを読んでいただければと思います。

繰り返しになりますが、資材の調達、紙漉きが最大の難関でしたが、その特漉きも今や後継者難が深刻です。揉み紙、特種な漆塗り、書籍用革のなめし業者、印刷上の木版画の再現、金版の彫金職人、その金版押し、製本上の和装本製本（紙折り、糸綴じ、かがり綴じなど）、金箔・色箔合わせ押し、天金・天染め塗り、題箋貼りその他、今では斜陽産業になり滅びつつあります。手作業的要素の濃い職種の仕事に助けられて、この複刻は成り立ったということを再三強調しておきたいと思います。

当時のそうした職人さんの一人ひとりに改めて感謝申し上げます。

名著復刻全集
近代文学館

新選
全二十七点・四十冊

特選
全十九点・三十一冊

精選
全二十二点・四十五冊

新選

特選

精選

〈参考資料〉

3点セット—新選・特選・精選版—内容一覧（各解説書付き・〔　〕内解題執筆者）

1.「新選　名著複刻全集　近代文学館」37点40冊・付録1点（1970年4月刊）

福澤諭吉『學問のすゝめ』初編（明治5年2月、慶應義塾出版局刊）〔富田正文〕
坪内逍遥『一讀三歎　當世書生氣質』第壹號（明治18年6月、晩青堂刊）〔稲垣達郎〕
二葉亭四迷『新編浮雲』第一・二篇（全2冊）（明治20年6月、金港刊）〔稲垣達郎〕
尾崎紅葉『二人比丘尼色懺悔』（明治22年4月、吉岡書籍店刊）〔福田清人〕
幸田露伴『小説尾花集』（明治25年10月、青木嵩山堂刊）〔塩田良平〕
島崎藤村『若菜集』（明治30年8月、春陽堂刊）〔瀬沼茂樹〕
国木田独歩『武蔵野』（明治34年3月、民友社刊）〔中島健蔵〕
与謝野晶子『みだれ髪』（明治34年8月、東京新詩社刊）〔木俣修〕
上田敏『海潮音』（明治38年10月、本郷書院刊）〔吉田精一〕
夏目漱石『吾輩ハ猫デアル』上・中・下編（全3冊）
（明治38年10月、39年11月、40年5月、大倉書店・服部書店刊）〔荒正人〕
島崎藤村『破戒』（明治39年3月、自家版）〔瀬沼茂樹〕
伊藤左千夫『野菊の墓』（明治39年4月、俳書堂刊）〔福田清人〕
田山花袋『田舎教師』（明治42年10月、左久良書房刊）〔川副国基〕
石川啄木『一握の砂』（明治43年12月、東雲堂書店刊）〔岩城之徳〕
武者小路実篤『お目出たき人』（明治44年2月、洛陽堂刊）〔稲垣達郎〕

『名著複刻全集　近代文学館』

北原白秋『思ひ出』（明治44年6月、東雲堂書店刊）〔木俣修〕
谷崎潤一郎『刺青』（明治44年12月、籾山書店刊）〔伊藤整〕
長塚節『土』（明治45年5月、春陽堂刊）〔小田切進〕
斎藤茂吉『赤光』（大正2年10月、東雲堂書店刊）〔木俣修〕
夏目漱石『こゝろ』（大正3年9月、岩波書店刊）〔小田切進〕
高村光太郎『道程』（大正3年10月、抒情詩社刊）〔北川太一〕
森鷗外『雁』（大正4年5月、籾山書店刊）＊青表紙本〔成瀬正勝〕
永井荷風『すみだ川』（大正4年9月、籾山書店刊）〔成瀬正勝〕
徳田秋聲『あらくれ』（大正4年9月、新潮社刊）〔吉田精一〕
芥川龍之介『羅生門』（大正6年5月、阿蘭陀書房刊）〔三好行雄〕
志賀直哉『大津順吉』（大正6年6月、新潮社刊）〔稲垣達郎〕
有島武郎『生れ出る悩み』（大正7年9月、叢文閣刊）〔安川定男〕
樋口一葉『眞筆版たけくらべ』（大正7年11月、博文館刊）〔塩田良平〕
小川未明『赤い蠟燭と人魚』（大正10年5月、天佑社刊）〔上笙一郎〕
佐藤春夫『殉情詩集』（大正10年7月、新潮社刊）〔井上靖〕
萩原朔太郎『青猫』（大正12年1月、新潮社刊）〔篠田一士〕
宮澤賢治『注文の多い料理店』（大正13年12月、杜陵出版部刊）〔恩田逸夫〕
川端康成『伊豆の踊子』（昭和2年3月、金星堂刊）〔長谷川泉〕
小林多喜二『蟹工船』（昭和4年9月、戦旗社刊）〔小田切進〕
三好達治『測量船』（昭和5年12月、第一書房刊）〔村野四郎〕
堀辰雄『風立ちぬ』（昭和13年4月、野田書房刊）〔佐々木基一〕
山本有三『新篇路傍の石』（昭和16年8月、岩波書店刊）〔高橋健二〕

夏目漱石「永日小品・山鳥」〈自筆原稿〉〈付録〉（5刷以後）（吉田精一）
（4刷までは島崎藤村「夜明け前」序の一原稿）

2.「特選　名著複刻全集　近代文学館」29点31冊・付録1点1冊（1971年5月刊）

成島柳北『柳橋新誌』全（二編）・完（明治7年2・4月、奎章閣刊）（塩田良平）
外山正一・矢田部良吉・井上哲次郎編・著『新體詩抄』初編（明治15年7月、丸屋善七刊）（吉田精一）
湯淺半月『十二の石塚』（明治18年10月、自家版）（佐藤泰正）
末廣鐵腸『雪中梅』上・下編（全二冊）（明治19年8・11月、博文堂刊）（越智治雄）
山田美妙『夏木立』（明治21年8月、金港堂）（塩田良平）
北村透谷『蓬莱曲』（明治24年5月、養真堂刊）（小田切秀雄）
内田魯庵『文學者となる法』（明治27年4月、右文社刊）（瀬沼茂樹）
島崎藤村『落梅集』（明治34年8月、春陽堂刊）（瀬沼茂樹）
石川啄木『あこがれ』（明治38年5月、小田島書房刊）（久保田正文）
夏目漱石『鶉籠』（明治40年1月、春陽堂刊）（小田切進）
森鷗外『うた日記』（明治40年9月、春陽堂刊）（三好行雄）
土岐哀果『NAKIWARAI』（明治43年4月、ローマ字ひろめ会刊）（木俣修）
岩野泡鳴『發展』（明治45年7月、実業之世界社刊）（川副国基）
志賀直哉『留女』（大正2年1月、洛陽堂刊）（紅野敏郎）
永井荷風『珊瑚集』（大正2年4月、籾山書店刊）（河盛好蔵）
北原白秋『東京景物詩及其他』（大正2年7月、東雲堂書店刊）（木俣修）
泉鏡花『日本橋』（大正3年9月、千章館刊）（成瀬正勝）

河東碧梧桐（大須賀乙字選）『碧梧桐句集』（大正5年2月、俳書堂刊）〔楠本憲吉〕
芥川龍之介『傀儡師』（大正8年1月、新潮社刊）〔吉田精一〕
室生犀星『性に眼覺める頃』（大正9年1月、新潮社刊）〔和田芳恵〕
山本有三『同志の人々』（大正13年11月、新潮社刊）〔福田清人〕
萩原恭次郎『死刑宣告』（大正14年10月、長隆舎書店刊）〔壺井繁治〕
伊藤整『雪明りの路』（大正15年12月、椎の木社刊）〔瀬沼茂樹〕
徳永直『太陽のない街』（昭和4年12月、戦旗社刊）〔小田切進〕
川端康成『淺草紅團』（昭和5年12月、先進社刊）〔長谷川泉〕
横光利一『機械』（昭和6年4月、白水社刊）〔保昌正夫〕
堀辰雄『聖家族』（昭和7年2月、江川書傍刊）〔佐々木基一〕
谷崎潤一郎『盲目物語』（昭和7年2月、中央公論社刊）〔酒井森之介〕
高見順『故舊忘れ得べき』（昭和11年10月、人民社刊）〔渋川驍〕
〈付録〉森鷗外〈立案〉『東京方眼圖』（明治42年6月・8月、春陽堂刊）〔稲垣達郎〕

3．「精選　名著複刻全集　近代文学館」32点45冊・付録1点1冊（1972年6月刊）

坪内逍遥『小説神髄』第一〜第九冊（全九冊）（明治18年9月〜19年4月、松月堂刊）〔稲垣達郎〕
尾崎紅葉『金色夜叉』前・中・後・續・續々編（全五冊）（明治31年7月〜36年6月、春陽堂刊）〔塩田良平〕
徳冨蘆花『自然と人生』（明治33年8月、民友社刊）〔佐藤勝〕
國木田獨歩『運命』（明治39年3月、左久良書房刊）〔福田清人〕
蒲原有明『有明集』（明治41年1月、易風社刊）〔野田宇太郎〕

泉鏡花『高野聖』（明治41年2月、左久良書房刊）〔村松定孝〕
島崎藤村『春』（明治41年10月、自家版）〔三好行雄〕
北原白秋『邪宗門』（明治42年3月、易風社刊）〔木俣修〕
夏目漱石『三四郎』（明治42年5月、春陽堂刊）〔猪野謙二〕
徳田秋聲『黴』（明治45年1月、新潮社刊）〔伊藤整〕
石川啄木『悲しき玩具』（明治45年6月、東雲堂書店刊）〔久保田正文〕
森鷗外『青年』（大正2年2月、籾山書店刊）〔渋川驍〕
田山花袋『時は過ぎ行く』（大正5年9月、新潮社刊）〔野口冨士男〕
萩原朔太郎『月に吠える』（大正6年2月、感情詩社・白日社出版部刊）〔伊藤信吉〕
永井荷風『腕くらべ』（大正6年12月、私家版）〔成瀬正勝〕
志賀直哉『夜の光』（大正7年1月、新潮社刊）〔紅野敏郎〕
佐藤春夫『病める薔薇』（大正7年11月、天佑社刊）〔高田瑞穂〕
有島武郎『或女』前・後編（全二冊）（大正8年3月・6月、叢文閣刊）〔瀬沼茂樹〕
武者小路實篤『或る男』（大正12年11月、新潮社刊）〔稲垣達郎〕
宮澤賢治『春と修羅』（大正13年4月、関根書店刊）〔中村稔〕
幸田露伴『幽秘記』（大正14年6月、改造社刊）〔篠田一士〕
川端康成『感情装飾』（大正15年6月、金星堂刊）〔山本健吉〕
葉山嘉樹『海に生くる人々』（大正15年10月、改造社刊）〔小田切進〕
横光利一『春は馬車に乗つて』（昭和2年1月、改造社刊）〔保昌正夫〕
芥川龍之介『侏儒の言葉』（昭和2年12月、文藝春秋刊）〔吉田精一〕
宮本（中條）百合子『伸子』（昭和3年3月、改造社刊）〔本多秋五〕
林芙美子『放浪記』（昭和5年7月、改造社刊）〔和田芳恵〕

梶井基次郎『檸檬』（昭和6年5月、武蔵野書院刊）　〔高田瑞穂〕
谷崎潤一郎『春琴抄』（昭和8年12月、創元社刊）＊黒漆表紙本　〔円地文子〕
太宰治『晩年』（昭和11年6月、砂子屋書房刊）　〔奥野健男〕
中原中也『在りし日の歌』（昭和13年4月、創元社刊）　〔大岡昇平〕
高見順『如何なる星の下に』（昭和15年4月、新潮社刊）　〔小田切進〕
〈付録〉ジョルジュ・ビゴー：デッサン画集『東京芸者の一日』（明治24年）　〔匠秀夫〕

※3点セットの編集委員
伊藤整、稲垣達郎、小田切進、木俣修、塩田良平、瀬沼茂樹、
成瀬正勝、福田清人、吉田精一（編集委員長＝稲垣達郎）

日本近代文学館の名著複刻全集シリーズ一覧（刊行年順）

1．**「名著複刻全集　近代文学館」全4セット（明治前期・後期、大正期、昭和期）**
120点159冊・付録6点2冊　1968（昭和43）年9月～1969年9月刊
＊通称〈親版〉と呼ぶ。

2．**「新選　名著複刻全集　近代文学館」37点40冊・付録1点　1970年4月刊**
＊親版から学校教育向きのポピュラーな32点を選び、新版5点を加えて編成。

3．**「特選　名著複刻全集　近代文学館」29点31冊・付録1点　1971年5月刊**
＊親版に収録しきれなかった名著のみを選んで編成。

4．**「精選　名著複刻全集　近代文学館」32点45冊・付録1点　1972年6月刊**
＊やはり親版から選んだ24点に新版8点を加えて編成した、新選版の第2集ともいうべきもの。

※この「新選」「特選」「精選」を通称〈3点セット〉と称し、最も普及したもの。

5. 「名著複刻　漱石文学館」　23点25冊　1975年11月刊

6. 「名著複刻　芥川龍之介文学館」　22点22冊　1977年7月刊

7. 「名著複刻　詩歌文学館」　全4セット（連驍・山茶花・石楠花・紫陽花）

97点101冊付録2点2冊　1980年4月〜1983年8月刊

8. 「複刻版　種田山頭火句集」（館編・ほるぷ出版刊）7点7冊　1983年12月刊

9. 「名著複刻　漱石小説文学館」　14点16冊　1984年9月刊

10. 「秀選　名著複刻全集　近代文学館」　14点20冊・付録1点　1984年12月刊

＊〈親版〉から10点と新たに4点を加えて選んだもの。

11. 「名著初版本複刻　太宰治文学館」　31点31冊　1992年6月刊

※このほか「名著初版本複刻珠玉選」（1984〜1985年）など、これまでのものを抽出したシリーズなども刊行している。

文化遺産保存と木下杢太郎文庫

〈二〇〇二年　第四十七回　杢太郎祭記念講演〉

1 文学的遺産の保存・公開運動の歴史的経緯

本日、神奈川近代文学館に木下杢太郎文庫があるということで、文学館の関係者として、文庫の資料の範囲、特に文学を中心とした関係資料を巡ってお話をさせていただきます。

①文学館運動の流れ

この伊東市の木下杢太郎記念館も含めて、文学館という施設あるいはその組織というところから入らせていただきます。

文学館という施設は、博物館的な施設、あるいは図書館的な施設という概念からなかなか把握しにくいために、一般的な博物館＝歴史博物館や美術館などのように分かりやすく認知してもらえていない、文学館そのものの歴史も浅い、ということがあります。実際に博物館協会などの中でも、歴史の分野の中に包括されていて、文学として独立した位置、あるいは地位を与えられていないような現状があります。

今では全国文学館協議会というような全国組織まで出来て、次第に浸透し始めていますが、まだまだ一般市民の広い理解を得るところまでいっていないかもしれません。そこでまず、文学館運動について解っていただきたいと思います。

今から約四〇年前、一九六二（昭和三七）年、日本近代文学館運動というのが起こりました。散逸甚だしい近代文学の遺産を収集保存し、同時にまとまった形で利用しやすくしたい、つまり公開性を持たせたいということから、澎湃として文学者達の間で起こった動きです。近・現代文学を研究あるいは調査する場合、単行本や雑誌を図書館で見るだけならばともかく、その元になった生原稿や初出の雑誌類は散逸が甚だしく、手元でまとめて見ることは極めて困難でした。その図書・雑誌すら十分な形では見られませんでした。

作家でありながら、『昭和文学盛衰史』を著した高見順氏や、『日本文壇史』を書いていた伊藤整氏らは、生きた資料としての、それぞれの時代の雑誌類などから多くの動向を調べるわけですが、生の書簡やノートに限らず雑誌類まで、いかに散逸してしまって、見ることが困難になっているかを痛感していたそうです。

一方で、近代文学を専門とする研究者たちも、同じ困難にぶつかっていました。小田切秀雄氏たちの研究グループ（近代文学研究所―伊藤成彦、小田切進、西田勝氏ら）や、三好行雄、紅野敏郎氏らをはじめとする当時の若手の気鋭の研究者たちで、大学横断的に、近代文学懇談会を作っていた研究者たちが、文芸雑誌の細目を図書館や個人の収集家の所に通って調べ、雑誌にぼつぼつと発表するという地道な努力が始まっていました。そうした細目を辿りながら、文学史の実証的な研究も進められてきたということになるわけです。

しかし、明治以来の文芸雑誌そのもの（文芸雑誌に限らず雑誌の運命でした）が、まとまった形で見られる状況ではなく、一種類の雑誌を見るのに、幾つもの図書館や所蔵家の所を廻らざるを得ないという状況に直面、苦労を重ねていました。この厳しい現実を経験した人々の中から、資料の散逸を防ぎ、収集保存して、かつ利用に供し、公開するという文学専門の図書館、小さくてもそういう施設が必要ではないかという気運が生まれるのは必然だったことでしょう。そのうち、早稲田大学での「同人雑誌展」、立教大学での「文芸雑誌展」などが引き金になって、次第にまとまった運動になっていく、そうした前史があったわけです。

そういう思いが次第に熟していって、文壇・学会の有志二三名、作家では伊藤整、高見順、福田清人、舟橋聖一、評論家では小田切秀雄、瀬沼茂樹、中村光夫、研究者では稲垣達郎、猪野謙二、久松潜一、吉田精一などが発した呼びかけが、さらに阿部知二、石川達三、井上靖、川端康成ら三六名を加えて財団法人を結成したのが一九六二（昭和三七）年五月です。このときの理事長が高見順でした。さらに発起人が増え、たちまち二四三名に増えました。

「日本近代文学館設立の趣意」というのがあって、解りやすくまとめられているので、その前半を引用させていただきます。

「日本にはまだ近代文学の関係資料を保存する専門図書館がありません。近代・現代文学の関係資料を、包括的に集めているところが、これまでどこにもありませんでした。／

ひとくちに近代文学といっても、今日までほぼ百年、現代文学でさえ約四十年の歴史をもち、何度もの戦争をはさんで激しい移り変わりを経てきました。その間に日本の現代文化の発展に寄与する幾多の名作がのこされ、さまざまな努力が払われてきております。それらが、今日すでに学問的な対象とされていることも、ご承知のとおりです。／ところが、その資料の保存は不十分というより、実際は惨たんというほかない状態におかれています。それでも明治文学は、早くからの熱心な学者たちと、数か所の図書館・文庫などに不十分とはいえ、大切に保存されてまいりました。／しかしこと大正期以降になりますと、ほとんど整備されないうちに、関東大震災にあい、その後の発売禁止や押収、あるいは更に疎開とか戦災などにあううちに次第に散逸し、しっかりした資料保管の設備のないことも一つの大きな原因になって、今日なお貴重なコレクションや資料が、日々失われているありさまです。これではたいへん残念ですし、十年、二十年のちを考えただけでも、まことに憂慮すべき事態にあると申さねばなりません」

とあって、多くの方への支援を呼びかけています。

野田宇太郎氏の話の中で、戦災にあたって、木下杢太郎が貴重な古典、文献の資料を疎開、不戦地帯を作って保存するという運動を起こしたという話を思い起こします。まさにその精神が戦後やっと実っていくということになるわけで、杢太郎の先見性、その思想の深さを思わずにはいられません。

戦後はさすがに早い時期からそうした警鐘を鳴らす人がいたようですが、こうして文学者のみならず、新聞社、出版社などにも支援の輪が広がり、寄付・寄贈をはじめ、さまざまな支援活動が展開され、一大文化運動となる時期がきたわけです。

国会図書館支部上野図書館を間借りして近代文学館文庫を開設したのが一九六三(昭和三八)年一一月で、それまでには各出版社から、自社の刊行物をまとめて寄贈される図書・雑誌も増え、作家や作家の遺族からの資料の寄贈も相次ぎました。政財界などにも波及する形で、やがて寄付によって日本近代文学館の建物を完工するに至り、開館後の運営の苦労に移るわけです。

この年、一九六三年一〇月に「近代文学史展—文学一〇〇年の流れ」と題した展覧会が、東京・伊勢丹を会場にして開かれましたが、何と十日余りで約四五〇〇〇人の観覧者があった、という歴史的記録が残っています。このとき全国から借用して出品された資料は約五〇〇〇点、研究者など以外の当時の人々には、まだ原稿などの生資料に接する機会どころか、過去の貴重な雑誌や初版本に接することも容易ではない時代でした。いかに当時の人々が文学の資料に接することに飢えていたかを物語っています。

このときの共催であった毎日新聞社から、日本近代文学館編で『日本近代文学図録』という分厚い写真集が出版されましたが、これはこのときの資料写真が土台になったもので、評判になりました。それでも雑誌や名作の初版本など、活字になったものの占めるスペースがかなり多かったと思います。それより前に、岩波書店が写真文庫を出し、極めて薄いものですが、作家の写真集を作ったことがあります。いわゆる生資料の写真は少ないものでした。それでも貴重な資料として大事にされた記憶があります。

その後、一九六八年ごろに筑摩書房が「日本文学アルバム」というシリーズを出しますが、これはかなり生資料も入り、内容豊富になっていました。さらに下って、一九八三年（昭和五八）頃から刊行され、今出回っている新潮社の「新潮日本文学アルバム」シリーズは、生資料も実に豊富でカラーページもあり、当時から見ると隔世の感があります。そういった世の中のその後の動きを次第に反映し、熟してきた結果と言ってもよいと思います。

生資料というのは、作家が書いた原稿・草稿類はもとより、ノートや日記、手帳・メモ類、書簡（出した書簡・貰った書簡）、各種の自筆資料、書画類、写真、その他切り抜きなどに至るまでの、つまり図書・雑誌以外のものを指します。作家にまつわる身辺資料（例えば戸籍謄本や賞状、家系図に至るまで）や、遺品や愛用の品々の類い（筆・万年筆・眼鏡・印鑑など机上のものから、机そのもの、着物などまで）のきわめて範囲の広いものです。

出版社が全集、特に個人全集を編纂するときには、原稿・草稿と初出の雑誌や初版本との照合をして、校異・校訂をする作業を克明に行いますが、そうしたときに、原稿・草稿あるいは創作メモなどが極めて重要な資料になります。従って、出版社のほうでは、特に担当の編集者たちは、こうした原稿・草稿・メモ類や書簡などの所在をかなり把握していたことは確かで、つまり全く散逸し潜っていて何もわからなかった、という状況では必ずしもありません。

また、資料の大切さを熟知している遺族などが、極めて大事に保存し守り続けてきたということも珍しくありません。例えば、木下杢太郎資料を大切に保管してきた大田家などはその顕著な、素晴らしい例です。そのために研究者をはじめ読者や、後の時代の人々がどれだけ恩恵を蒙り、助かったか測り知れません。そうした所在の把握できる状態があって、情報も次第に伝わるようになったことが一方にあり、しかしなお、甚だしく散逸している状況があったわけです。

先ほど、文学館が出来て相次いで資料が寄贈された、と申しましたが、大切にしてきた資料を施設に無償で寄贈する、ということは大変な覚悟、決心のいることです。信頼のおける施設かどうかでも逡巡します。この時期、よく「娘を嫁にやる心境だ」という言葉を聞きましたが、実際それが遺族の偽らざる気持だったでしょう。しかし、自分のところで保管しておけば、損傷や散逸その他先々にわたって心配なことも多い。大切な文化的遺産ならば、信頼のおける施設に熟慮相談のうえ寄贈してもよい、と考える人も出てきたわけです。こうして、文学館の運動が起こるころから急速に、また次第に文学的な遺産を守ろう、よい施設に預けようという時代が熟して来たということがいえます。

②文学館の性格、いろいろな形

文学館のような施設も、戦後まもなく出来た馬籠の藤村記念館のように、特別古いのがあります。前に日本文芸家協会が出版している「文芸年鑑」で調べたことがありますが、一九八四(昭和五九)年版では、「特殊文庫(文芸関係)」という欄名で三〇館ほどが紹介されていて、国会図書館、東洋文庫、神奈川の金沢文庫なども入っています。一葉記念館(東京・台東区)、日本近代文学館、俳句文学館あたりが主で、ほかに鷗外記念本郷図書館(東京・文京区)、東北大学の漱石文庫、函館図書館の啄木文庫や国立国文学研究資料館などはありますが、藤村記念館は入っていません。ちょっと首をかしげるところです。

八五年版から「文学館など」と欄名が変わり、五八館が収載されて神奈川近代文学館、木下杢太郎記念館はここから登場します。ほかに新たに北海道ニセコの有島武郎記念館、岩手の石川啄木記念館、金沢の石川近代文学館、横浜の大佛次郎記念館、鎌倉文学館、大阪の国際児童文学館、山形の齋藤茂吉記念館、松山の子規記念博物館、藤村記念館、花巻の宮沢賢治記念館、調布の武者小路実篤記念館、青梅の吉川英治記念館あたりです。北海道文学館もありますが、まだ現在のような立派な施設ではなく、仮住まいでした。ここは後に道立文学館を建設し公立民営となりました。

この時期を一つの境目と考えてよいかと思われますが、神奈川近代文学館も市立となった木下杢太郎記念館も全国的な趨勢からいえば、比較的早い時期の創設ということができます。

ただ木下杢太郎記念館は、遡れば一九六九（昭和四四）年に太田慶太郎さんが生家を記念館にして開放したのが起点ですから、もっと古い存在ということになります。文学館施設の中でも、藤村記念館などと比肩できる古参の一つといってよく、太田慶太郎氏や関係者の皆さんの先見の明、木下杢太郎に対する熱い思いがいかほどのものだったか、改めて頭の下がる思いです。従って、一九八五（昭和六〇）年に伊東市に寄付されて、伊東市立木下杢太郎記念館として衣更えしてオープンしたところが、再興の時期といっていいでしょうか。前後して神奈川近代文学館が開館します。一九八四（昭和五九）年ですが、お互いの準備期を考えると、二つの館はかなり重なった時代状況にあります。つまり杢太郎資料の帰趨に関わることでもあるのですが、このことは後ほどまとめて触れたいと思います。

神奈川近代文学館は、公立民営という新しい形で開館したのですが、この頃に、全国的にいわゆる文学館ブームといってもいいような動きが起きてきたということでしょう。一九九五（平成七）年に全国文学館協議会を作る準備で、対象館をリストアップしたときは、準備中の所を含めて一八六館を数えました。現在この協議会には、七七館が加盟していますが、いわゆるかなり自立した文学中心の館です。ちなみに、木下杢太郎記念館は自立した館ですが、何らかの理由で加盟されていません。宮沢賢治記念館のような名だたる館も未加盟ですので、加盟しているかどうかで一線を画する訳ではありませんが、加盟されるメリットはデメリットより大きいかと思われます。

北海道文学館の準備時代から中心的な推進者の一人であった元館長の木原直彦さんが、自ら全国を歩いて「文学館等一覧表」というのを作っていますが、次第に増えて、最近では四五〇館余りを記録しています。これにはかなり幅を広げて、図書館の中の記念文庫や文学周縁に属する施設なども入っていますが、もう少し絞っても、かなり自立した文学中心の施設が、二〇〇館はあるといってよいと思われます。

全国に数多くできた文学館について、協議会の会長で、詩人で日本近代文学館の理事長であった中村稔さんが、次のように大きく三種類に分けています。

「一つは、神奈川近代文学館や山梨県立文学館のような、ある特定の地方の文学館です。これらは、第一に、その地方にゆかりのある文学の資料を収集・保存し、閲覧に供するという図書館的機能と展示機能をもっています。また、それとともに地方文化の発信基地としての役割を負わされているところが多いですね」

「二つめは、宮沢賢治記念館や、萩原朔太郎関連の資料を展示している前橋文学館などの個人記念館です。近年、村起こし・街起こしの手段として個人文学者の記念館を作る自治体が増えています。これらは、いわば観光的役割を担っているわけです。ただ、観光目的で来館された方のうちの何人が、実際にその文学者の本を読んでみようと思ってくれるのか、これは難しい問題です。私は文学館の観光的な役割について、否めないと思っていますが、ただそれだけというのでは文学館としては失格だと思います」

「三つめに、文学の有る特定分野を専門に扱った文学館というのがあります。俳句文学館や北上の現代詩歌文学館がこれに当たります。俳句文学館にはほとんど展示機能がなく、図書館的機能中心になっています。俳句に関する資料の収集・保存・閲覧に供するという機能としては非常に充実しています」

「このように文学館は大きく三つに分けることができると思いますが、図書館的機能、展示による啓蒙的な機能、観光的機能や文化の発信基地的な機能など、様々な機能を併せ持っていて、各々の文学館でそのウェイトのおき方が違うというのが現状ではないでしょうか」

木下杢太郎記念館は、二つめの分類に属することになります。施設や組織・運営の方から見ると、公立、公立民営、私立などの様々な形があり、各館が複雑な事情を抱えているのが現状で、協議会は相互の情報交換や交流によって、自らを研磨し、文学館活動の振興をはかろうとして出来たネットワーク的なものです。

杢太郎記念館に近い個人記念館で一例を挙げると、長野県馬籠にある藤村記念館は財団法人藤村記念郷の運営になっていますが、戦後すぐに村の人たちの共同の努力によって作られた最も早い時期の文学館です。それも一級の資料が揃っており、建物も谷口吉郎設計によって記念堂、さらには集会場、図書室と追加され、別に明治から残っていた隠居所などもあります。島崎藤村ファンのみならず、年間何十万もの人々が訪れる観光のメッカにもなっている所ですが、この運営のためには村の人々の営々たる地道な努力があったということです。

この記念館や花巻市の宮沢賢治記念館、松山市の子規記念博物館のように、市の肝いりで作られ、建物・設備も立派で、観光も含めて成功している文学館は、そう多くはなく、個人記念館に限らず、かなり多くの文学館は日常の運営から集客まで、相当苦労していることが、こうした協議会の集まりでもよく聞かれることです。

それは、伊東の場合も同様だと推察しております。杢太郎祭を含め、伊東市や杢太郎会は市民の意識の啓発のため、参加型の行事などを含む様々な努力を重ねられているわけです。こうしたことが文化遺産である木下杢太郎資料の保存と、郷里が誇る文学者の業績、その精神を継承していくことに欠かせないことは言うまでもありません。その努力が重ねられ、報いられるためにも、行政や市民の物心両面の応援が続けられることを祈ります。

2 神奈川近代文学館の施設と運営、資料保存の状況

ここからは、資料保存の話に絞っていきたいと思いますので、神奈川近代文学館の概要をお話しします。

①公立民営方式

まず組織面から申しますと、県立ではありますが、運営は文学者の団体＝神奈川文学振興会という財団法人（現理事長は中野孝次氏）に委託しています。このいわゆる〈公立民営方式〉を打ち出した長洲知事の道筋は、当時としては画期的なことで、〈神奈川方式〉とさえ言われたものでした。今は各地でその方式を採るところが出てきています。これは、県内の文化団体などからの要望を受けながら、日本近代文学館に相談を持ち込んだ長洲知事が、同館の理事会などの意見を聞き、かつ独自に文学者との懇談会を作り検討し、議会に提案した方式でした。

前に述べましたように、日本近代文学館は最初からすべてが文学者の運営による、いわば民立民営の組織で、寄付と自前の事業収入で運営する苦労を重ねてきました。近代文学に関わる資料の散逸を嘆き、収集・保存し、かつ公平に公開して文学の振興に寄与するという、高い理念が人々を動かし、その精神があって初めて、資料の寄贈につながる多くの成果がもたらされたのでした。

この経験から得た視点が、神奈川近代文学館発足に当たり、提案・示唆されています。それはまず、何をおいても、長い時間をかけた人的財産、つまり文学者やその遺族との長い付き合い、また文壇、学会、出版界・マスコミ、文化団体などとの接触交流を、信頼関係の上で持続しなければならない。絶えざる連携によって培われる相互信頼が、文学館の基礎を支える資産だということでした。資料を収集するのにも、寄贈に多くを頼ることであり、例えば展覧会を開くときに拝借する資料にしても、そうした基礎を大切にすることで成り立ちます。さまざまな事業がそうして展覧会が可能となるわけです。

神奈川文学振興会という文学者中心の財団法人を作り、運営を委託するという発想は、このような文学館運動の経験を参考にして生まれたものだといえます。こうして、多くの理事・評議員の文学関係者を擁し、職員も異動の少ない長いお付き合いのできる態勢が生まれたのです。これが神奈川近代文学館の〈公立民営方式〉の基本で、資料の寄贈は今に至るも絶えず、腰を据えた事業計画も生まれ、資料の保存・整理・公開の面でも息の長い着実な取り組みが可能となった次第です。

その結果は、日本近代文学館同様に神奈川近代文学館でも顕著に現れていまして、当初から今に至るまで、文学者やその遺族、あるいは所蔵家からの資料の寄贈が相次いでおり、また展覧会などへの資料の出品や、講演会・講座その他様々な点で大きな成果となってきています。

人材を育て、組織として信頼されることが第一ですが、さらに設備的にもレベルの高い、確固としたものを整えています。今では、模範として全国の関係者が研修に来てくれるほどのものになっていますので、参考にしていただければと思います。

②建物と設備

建物・設備の面では、地震対策の面も含めてハードの堅牢さはもとより、保存のためのソフトの面でも、細心に検討されました。建設準備懇談会の一人であった尾崎一雄氏（名誉館長でしたが、開館直前の昭和五八年三月に逝去）は、自ら関東大震災を経験して、惨禍を見ているだけに、関東ローム層に対する知識等も素人の域を超えていて、耐震構造を最重点に主張されました。それを受けて、設計事務所は、本体が鉄筋コンクリートであるのは当然として、細部にわたるまで最新の（阪神・淡路大震災前の時点ではありますが）耐震設計法に基づいて、当時の耐震構造ビルに比較して二五パーセント増の強度にしました。

また、火事は地震との関連で二次災害と見られがちですが、独自に発生するケースのほうが多く、特に資料が紙を主とした文学館にとっては、火災が最大の敵でもあります。従って、不燃・難燃材の使用は言うまでもなく、書庫・資料室等への二酸化炭素消火設備をはじめとする耐火、消火、監視にも万全が期されました。また、海の側の建物であるところから、塩害に対する高性能フィルターの設置、燻蒸施設などの防虫防黴対策、空調の定温定湿保全など、この時点で可能な限りの配慮が施されたわけです。

実は、神奈川近代文学館は寄贈による資料の急速な増加対策のため、一〇年後に増改築することになり、この時さらにハード、ソフト両面で、一層綿密、徹底した対策が講じられていきます。書庫の保存環境については、温湿度の日較差、年較差を小さくするように、外壁と内壁の間（天井、床部分も含めた）に二〇センチの六面空間を作り、その中を空調にするという画期的なシステムです。このほか、設備的に不便だった展示準備室・収納庫、未燻蒸資料室、撮影室などを整え、燻蒸室も大がかりにしました。その他エントランスホールの設置、ホールの改造ほか、可能な限りを尽くした改造を施し現在に至っています。

③資料の収集と保存・公開

文学館の公開・利用という面で皆さんと最も接点のあるのは、公に一般利用できる、閲覧室と展示室のほか、小・中会議室と和室、それにホールがあり、俳句や短歌の結社などの会合に使われることも多く、文学的雰囲気の施設で自分たちの会を催すという環境が喜ばれているようです。館が主催する講座・講演会、朗読会、映画会など多面的な活動も展開でき、そういう面でも文学に親しむ市民の集える、開かれた文学館を目ざしています。

閲覧室は、文学資料利用を目的とした専門図書館の役割を果たしています。文学館の仕事の重要な柱として、資料の収集と保存があり、特に保存の仕事が文学遺産を後世に受け継いでいく最も大切なことだといえます。そして一方では、公開という面が柱です。展示のような形での公開も一つのスタイルですが、やはり資料そのものを直に利用し、研究や読書、あるいは出版などに役立てるということが基本です。

言うまでもなく閲覧室はそのための施設ですが、ただ一般の図書館と違って閉架式、つまり参考図書や新刊雑誌など以外は書庫にしまわれていて、必要な資料を検索し、係に請求して出してきて貰うシステムです。保存を眼目としている文学館としての性格上、必然的なことです。

検索の仕方は、コンピューターへの入力が進み、現在では端末での画面検索のやりかたになっています。皆さんがおなじみの図書館のカードケースは、当館でも姿を消しました。情報量は豊富なので、かなりいろいろな角度から検索することができます。

資料の保存などの細かな工夫、配慮の点などについて、少し追加して述べてみます。

前にも触れましたが、資料の大半は紙の資料です。防火防水などのハード面での対策は勿論のことですが、資料劣化現象の大きな原因は、不適切な温湿度条件があります。高温高湿だけでなく、大幅な温湿度の変化が連続している環境では、紙の酸性化が促進されます。高湿度はカビの発生を招き、またアート紙類の密着の原因にもなります。こうした点を配慮して神奈川近代文学館の収蔵庫は、年間を通じて温度一八～二四度、湿度五〇～五五パーセント前後を維持するように設定されています。また紫外線も褪色・劣化を起こします。用紙そのものはもとより、図書・雑誌その他の印刷した資料、原稿用紙などに書かれたペンのインクなどの褪色・変色があります。外光を避けることは勿論、書庫などの光線は褪色防止蛍光灯などを使用、展示室ではさらにルックスを下げる工夫もしています。

ちなみに先の中村稔氏なども嘆いて書いていたことがありますが、私なども直接見たりして驚いたことがありました。太陽光線が直接展示資料に当たっていたような施設がありました。基本から考え方を改めなければいけないでしょう。

また、保存館としての措置として、原形保存の考えから、図書などの箱・ジャケット・帯も保存していますし、雑誌なども原則として合本はしませんので、着脱可能なポリプロピレンの保護用ジャケットを装備し、その上にラベル類を張るという慎重さです。箱の帯は傷みやすいので、中性紙で巻きます。すでに破損が顕著なものは中性紙で作った保存箱や封筒に入れて配架します。保存箱や封筒は直接手で触れないので物理的な負荷を軽減でき、また温湿度変化に対する緩衝材ともなります。

カビや紙魚《しみ》などの防カビ防虫対策では、搬入時に燻蒸を施しています。寄贈などでいただく資料には、このほかゴキブリの死骸、ネズミの糞尿、ホコリなどもあり、またセロテープの使用は紙にとって要注意で汚損の元になることはご存じのとおりです。紙自体の成分の状態でも劣化の度合いのひどいものがあり、酸性紙問題が云々されています。酸性紙問題対策としては脱酸処理がよく話題になりますが、効果がある反面、化学変化で肉筆部分のインクに影響を及ぼす例も指摘されており、直接資料に適用するのはどうかということです。

こうした資料への直接的な対策のほか、例えば展示での資料替えなどによる損耗の軽減、飾り方の工夫による傷みの防止や書庫での傷み防止の細かな対策（棚の側板の工夫、ブックトラックでの落下防止、床の平坦化）など、あらゆる柔軟な対策が必要です。また、傷みの激しい資料のコピーの制限や、複刻版やマイクロフィルムなど代替資料による間接対策も大事なことです。

この代替資料のことでいえば、木下杢太郎記念館も現在少しずつ行っていますが、原稿や書簡などの複製（レプリカ）を制作していくこともだんだん行われるようになってきました。

④複刻版制作について

遡れば、日本近代文学館が雑誌の複刻版や、名著初版本の複刻版を製作して、資料の保存と普及を同時併行的に解決するべく始めた仕事のことが思い出されます。私などもその当時、この製作を担当していて、用紙の紙漉きや、印刷・製本の現場にまで立ち会ったものでした。

『名著複刻　詩歌文学館』というシリーズをやったとき、木下杢太郎の『食後の唄』の初版本も複刻しました。大正八年一二月、アララギ発行所刊行の、あの美しい詩集です。この解説を担当した野田宇太郎氏が、次のように述べています。

「パンフレット形の簡素本どころか、ミュンヘンの美術書出版社エス・フィッシャの美術叢書を見本にした縦十五センチ、横十二センチの小型本ながら、厚表紙本文共上下の小口の角を一センチ斜めに断ち落し天金をつけた、当時としては他に類のない瀟洒で而も豪華な詩集である。表紙のデザインは先の赤彦宛の手紙にもあったように杢太郎好みの桟留《サントメ》縞《じま》を木版で起して多色刷りにし、濃紺地に幅三ミリの褐色の棒縞を約一センチ間隔に七本縦に入れ、その間に細い黄線を三筋流した鳥の子紙の角背本で、平《ひら》の出の白い部分三センチと、平の縞模様との貼り合わせのように表だけ一ミリ幅の金箔を押している。背文字も上に『木下杢太郎著』『詩集』と四号活字大の書き文字を二行に、原稿用紙のような細罫の桝形で囲み、その下に一号活字大で『食後の唄』と、すべて金箔金板押《かなばんおし》である」

実に細かく装幀、造本について述べていて、「詩と造本の美術性を綜合して、読んでたのしく、見て美しい、稀代の近代詩集」と結んでいます。

引用の中の「赤彦」云々は島木赤彦が編集していた短歌雑誌「アララギ」発行所から刊行され、その経緯が当時の杢太郎の手紙で判るので、そのことを言ったものです。大正七、八年時の手紙で、島木に細々と装幀のことなどを書いています。この装幀は小糸源太郎挿絵・カット絵は杢太郎本人によるものですが、表紙の鳥の子和紙から木版刷りの色、金箔押しや天金、それに小口側の角を落とした造本、と野田氏の説明通り手がこんでいるので、複刻版製作の側としては手のかかる厄介な本の一冊であり、同時に作りがいのある本でした。

ところで、複製を作るやり方には色々あって、日本近代文学館の場合、初版本の複刻は、その初版本が発行された時の姿で再現する、というやり方でした。従って、使われている紙（和紙など漉いて再現できるものは改めて漉き）や布（これも同質の布に可能な限り染める）、印刷の色や造本も発行された時の姿をもう一度再現するということで、新たに作る本よりも一層難しい、まさに贋がね造り的な苦労が付きまといました。

また一方、これは現在、木下杢太郎記念館でもやっていることですが、原稿や書簡の複製（レプリカ）造りでは、長い時代を経て、傷んだり褪色したりしている現在時点での姿をそのまま複製にする、というやり方を採っています。これはたった一点しかない原稿や書簡やノート、書画類などを、損耗から避けて保存し、できるだけレプリカで見てもらおうという配慮のために、今ある本物そっくりの状態で閲覧利用者や展示観覧者に見てもらう、そのために極く少部数を製作する、という性格から来ているわけです。

これはまたこれなりに苦労し、やはり用紙問題、特に印刷には細心の技術力が必要になります。安易な複製を作れば、原本の姿を正確忠実に伝えられない恐れがあるので、単なる四色分解のやり方ではなく、各色製版により、紙の古びた色、染みや汚れの色、微妙な濃淡のある文字の雰囲気まで、ときには十色以上も色を刷り重ねるというやり方で再現する方法をとっています。

こうして複製を作り、それを見せ、利用してもらうことによって、一方では大切な本物の原本を保存できるということに繋がっていくわけで、これも保存に関わる文学館の大事な仕事です。またこれは、自分の館に持っていない、身近で見られない資料を、他の館や個人から複製を作らせてもらって所蔵することによって、自館の資料の充実にもなり、資料の利用・公開への広がりにも貢献してきていることになるわけです。

3　木下杢太郎文庫の資料の概要

神奈川近代文学館の「木下杢太郎文庫」は、杢太郎の令息・太田元吉氏から神奈川近代文学振興会に寄贈されたものです。大別して一九八三（昭和五八）年の第一期（その後の何回かにわたる追加寄贈も含む）と、一五年後の一九九八（平成一〇）年の第二期の寄贈になる一括資料です。最初の第一期分は、すでに〈神奈川近代文学館収蔵文庫目録4〉の『木下杢太郎文庫目録』として一九八八（昭和六三）年に刊行されていて、公開されています。

一九八五（昭和六〇）年に「生誕百年木下杢太郎展」を開催したことは、ご記憶の方も多いと存じます。この展覧会は、第一期寄贈の資料を軸に、太田家所蔵の資料、伊東市の杢太郎記念館をはじめ各地から借用した資料をもとに展観したものでした。このとき太田家所蔵であった「百花譜」をはじめとする書画などの資料は、第二期としてさきごろ寄贈されたものです。この第二期分はこれから整理していく段階であるため、まだ利用のための公開というところまではいっていません。

①神奈川近代文学館になぜ寄贈されたのか

杢太郎にもっともゆかりの深い伊東市、あるいはここの杢太郎記念館に資料が寄贈されずに、どうして神奈川近代文学館に寄贈されたのか、ということをご当地でお話しするには、どうしても触れないわけにはいきません。太田家の方々や記念館の話でご了解の方も多いと思いますが、もうひとつ釈然としない思いをお持ちの方もいると聞いております。私も直接接したわけではないので、記録されたものから引いてみます。

まず、『木下杢太郎文庫目録』の「はじめに」で、当時の神奈川文学振興会理事長（＝神奈川近代文学館館長）の小田切進氏が書かれている文章を引用させていただきます。

「県立神奈川近代文学館が開館する一年以上も前の昭和五八年八月一七日、木下杢太郎

＝太田正雄の令息太田元吉氏から、杢太郎の原稿・日記・書簡・蔵書を一括して神奈川文学振興会に寄贈して下さる旨の連絡をいただき、驚き、同時に感動した。杢太郎の長男で元吉氏の兄さんにあたる河合正一氏は、長く横浜国大の工学部教授をなさっていた。河合氏には東京の日本近代文学館の設計を、谷口吉郎氏と一緒にしていただいたことがあり、神奈川近代文学館でも御厄介になったが、杢太郎その人は直接神奈川に深い関わりがあったとは知らなかったので伺うと、親族会議で、父は直接神奈川とは深い関わりはないが、父の文庫は神奈川の館をおいて他に託すべきところがないという結論に達したということで、重ねてびっくりした。／同年一一月一六日から搬入が始まった。私は同二七日、東京・文京区西片の太田家へお礼の挨拶に伺い、正一、元吉氏、長女昭子、三女寧子さんにもお目にかかって改めて経緯を伺うことが出来た」

さらに「生誕百年木下杢太郎展」の図録に寄せられた太田元吉氏（当時・第一製薬中央研究所長）の言葉を引用しています。これは大事なところなので、むしろその全文を図録から直接引用させていただこうかと思います。

「木下杢太郎の遺した原稿、書籍、その他の資料の取扱は、同じく遺された家族にとって、没後四十年間の懸案で、散逸を防ぐのが精一杯、私蔵するつもりはもともとありませんでしたが、充分な整理も出来かねておりました。しかし諸家の御尽力により、新版の全集、日記、知友書簡集、「百花譜」が出版され、近くは画集も発刊の予定ですので、出版については一応済むことになります。また遺品に最も愛着を持っていた私共の母も亡くなって数年、古い蔵に遺品を保存することも、年々の傷みが積ってその限界に達した時に、神奈川近代文学館の建設が発表されました。その機会に遺品の寄贈を申し出て、幸にこれが受入れられまして、私共の懸案の解決の道が開かれました。／この地の文学館に私共が寄贈を決めた所以は、運営と設備の面で他に優れた施設を見出し得なかったからであります。神奈川県と木下杢太郎との間に直接の関係はありませんが、願わくは開国の港を望む神奈川近代文学館が地域の枠を超えて、感受性に富み、知的好奇心に満ち、東西の交流に思を致し、また医学を業とした故人と、その背景の時代を知る為に収納された資料を用いて頂ければ、私共の喜びとする所であります。またその意味で今回の生誕百年記念の事業に対しては、有り難く御礼申し上げます」

木下杢太郎（1885～1945）

一九八三（昭和五八）年の八月といえ

ば、まだ文学館が建設中の頃ですが、急速に文学館開館準備、資料収集の気運が高まっていたころでした。太田家の事情とちょうどタイミングが合致した時期だったということでしょう。七月三〇日の館日誌には、「土地利用面での建築物の配置、構造など専門的立場から、横浜国大工学部河合正一教授の意見を聞く」とあります。また、河合氏はこの寄贈に触れ、館報5号（昭和五九年一〇月）で〈開館に寄せて〉の特集の中で、次のように述べています。

「今般の開館に際し一言述べます。駒場（注・日本近代文学館）の折は、はからずも建設計画の委員となった機会があり、このたびは文献寄贈者側の一員として御縁ができました。父、木下杢太郎の文献・所蔵本一切を引取って頂きました。これには以前より加藤周一氏から記録を分散させぬようとの忠告があり、それが可能になったことを感謝しています。また杢太郎のPRに大変な努力をして下さった情熱家野田宇太郎氏が極く先日お亡くなりになったのも、何かの縁でありましょう。ここは父の故郷の静岡に東京より近い処に位置します。私もこの地で四十年間務めました」（「文学館との出会い」）

太田家との縁は、こうしたところでもつながっていたことがわかります。

第一期の時は、「百花譜」などの絵画関係は慎重に保留されていたわけで、直接の文学資料ではないということもあったでしょうが、これは太田家の姿勢として大事な点かもしれません。また、下って一九九八（平成一〇）年四月に太田元吉氏から、「さて今度、木下杢太郎の絵画に関する資料の整理が大略、済みましたので之を木下杢太郎文庫に寄贈致し度く存じます」という旨のお手紙があり、同時に妹の寧子さんからも連絡を頂き、第二期分の受贈となりました。確かに太田家は、資料を極めて丁寧に保存していたのみか、それなりに分類・整理し、リストまで添えられていたのでした。杢太郎資料に対する太田家の方々の愛着と深い理解をひしひしと感じさせられたことで、受贈した側も以て瞑すべしという思いになったことでした。

神奈川近代文学館の施設について触れましたが、太田元吉氏も「運営と設備の面で」優れた施設と指摘されているように、確かにこの両面でバランスのとれた優良施設だったことは間違いありません。とは言っても運営の面では、まだこれから始まる未知の部分の多い組織ではありました。創立の時点では、河合正一氏の情報（建築・設備についてのこうした点が建築専門家同士の眼鏡にかなったと言えるのではないでしょうか）などがもとになって、建物・設備面での優秀さが判断材料になった面が強いのかもしれません。その後さらに、運営などの実績をご覧になり、最後まで残しておいた資料の寄贈を決断されることになったのではないでしょうか。

河合・太田両氏が述べておられるところに、全てが凝縮されているように思います。父の資料をいかに大切に保存していたかは、その愛着の気持をも含めて並々ではないと同時に、死蔵する事なく、公共の歴史的、文化的遺産として認識され生かされることを念願しておられたことがにじみ出ています。そこには、父、木下杢太郎の高い理想、国際的な広い視野を受け継いだ精神が脈々としていると思います。そして、こうした文化的遺産を長く保存し、後世に継承し役立てていくためには、それにふさわしい器を希望していたことも伝わってきます。

実際、欧米の文明の深さをまざまざと見、文化に対する姿勢に思いをいたした杢太郎の、その思いのレベルからすれば、日本の文化の、殊に文学関係の資料保存のことで、やっと歩み始めた神奈川近代文学館の施設などはまだ不足の部分が多かったかもしれない、と思えるくらいで、慢心するわけには参りません。

②木下杢太郎文庫の資料について

＊第一期分の寄贈資料

木下杢太郎文庫の第一期分の寄贈資料に関しては、四年半ほどの整理期間を費やして『木下杢太郎文庫目録』（B5・一七九頁）が刊行されています。この間には、一九八五年八月から九月に開催した「生誕百年木下杢太郎展」も行っており、この展覧会に合わせて、太田元吉氏から草稿、ノート類、旧蔵書などの追加寄贈も受けました。

第一期寄贈分の資料は、特別資料三、九二三点、図書三、〇五一点、四、九一四冊、雑誌二四二誌（種）一、七〇四冊です。概数でいって、一〇、五四一点ということになります。特別資料は前に生資料について言いましたように、図書、雑誌以外の諸々ですが、原稿二四八点、書簡三、一二五通、その他（日記、自筆文書、切抜ほか）五五〇点です。原稿では杢太郎原稿二三二点、諸家の原稿一六点、書簡では杢太郎書簡一三九点、杢太郎宛の書簡二、八二三通、その他の書簡一六三通です。原稿では、明治三四年から六年間にわたって書き続けられ、全二〇綴の自家文集となる「地下一尺」の原稿綴をはじめとして、雑誌「屋上庭園」二号の全原稿（杢太郎の「日本在留の欧羅巴人」「異人館遠望の曲」を含む「異国情調」の原稿、杢太郎画別刷りの「横浜三十三番」をはじめ、雑誌発禁の理由となった北原白秋「おかる勘平」の原稿、永井荷風「西班牙料理」、長田幹彦「横浜より」、長田秀雄「港の歌」の原稿など）や、「暮春の曲」（後に「緑金暮春調」と改題―明治四二年ノート）草稿があります。森鷗外についてのあの有名な「テエベス百門の大都」や「豊熟」などの語が使われた「森鷗外」（一九三二年・岩波講座『日本文學』中の一冊）の草稿七八枚もあり、「鷗外拾遺」初出抜刷への書き入れ一綴などもあります。さらに「雲崗石仏寺」「幸田露伴論」などの草稿から、「国語国字改良問題」の講演原稿、「南蛮医学」の草稿および創作メモなどまであります。

これらの原稿・草稿類はかなりのものが『木下杢太郎全集』に収録されたものと照応していますが、未収のものも沢山あります。全集の「月報」で新田義之氏が、西片町の太田家に保存されていた資料として紹介している例でいえば、戯曲「天草四郎」に関わる二種類の資料がそうです。「明星」掲載の「天草四郎と山田右衛門作」のページの切取りに、毛筆とペンで作者が訂正と書き入れをしたものと、「天草の乱」と題したフランス語の作品の断片もそうです。そこでやはり新田氏が、「この種の断片はまだ外にも色々残されており、それらを総て今回の全集に収録し尽すことは諸々の事情から不可能」と記している、そうした貴重な断片類も沢山あります。研究者にとって大事な宝物というところでしょう。

さらに圧巻は日記やノート類です。日記は『木下杢太郎日記』全五巻として、一九七九〜一九八〇（昭和五四〜五五）年に岩波書店から刊行されています。編集・校訂の中心となられた新田義之氏の第一巻の「後記」を引用させて貰います。

「木下杢太郎日記全五巻には太田正雄（筆名木下杢太郎）の日記で現在保存されているもののすべてが収められる。明治三十四年（独逸協会中学四年）より昭和二十年（没年）に至る四十五年間のうち、関東大震災の際に焼失したと言われている明治四十五年より大正四年までの分を除けば、明治四十年同四十一年の二年分が欠けているほかにさほど長期にわたる欠落は見当たらない。分量は二百字詰原稿用紙に清書して六千六百枚を越える」

詳細は省きますが、膨大なものです。

またこれも膨大な杢太郎宛知友書簡があります。個人からのもので八〇〇人を越えますが、主だった人をいえば、学生時代からの友人・長田秀雄（明治三四年〜封書・はがき三六通）、水彩画を習った洋画家・三宅克己（四四年〜一六通）、新詩社、パンの会、「スバル」の頃からの吉井勇（四一年〜一五通）、北原白秋（四二年〜一四通）、石川啄木（四二年〜三通）、高村光太郎（四三年〜五通）、石井柏亭（四三年〜八通）、児島喜久雄（四三年〜三二通）、黒田清輝（四四年〜三通）、永井荷風（四五年〜七通）、谷崎潤一郎（四五年〜三通）、小山内薫（大正二年〜五通）、与謝野寛（三年〜二二通）らからのものはさすがにその交流を物語っています。

パンの会に出入りしたドイツ人版画家・フリッツ・ルンプ（明治四二年〜六通）のものもあります。医師の森鷗外から（大正二年、二通）のものもあります。さらに、「スバル」同人で、大逆事件の弁護士だった平出修のはがきが二通（明治四四年）、夏目漱石の五通（大正一〇年）もあります。そのほか多いのでは、和辻哲郎（明治四三〜一五通）、齋藤茂吉（四四年〜四三通）、正宗得三郎（大正五年〜一八通）、日夏耿之介（六年〜三〇通）、小宮豊隆（七年〜三三通）、木村荘八（一〇年〜五八通）、勝本正晃（昭和一二年〜三四通）、などが目を引きます。

以上をもってしても、文学・美術の関係がいかに濃かったか推量できます。正子夫人（大正一〇年〜六七通）や兄の太田賢治郎（明治三五年〜三一通）なども興味を惹かれるものです。一九八四（昭和五九）年に刊行された『木下杢太郎宛知友書簡集』（上下、岩波書店）は一六五名からの七〇〇余通を発信年次順に編集し、索引も付されていますから、主要なものはそこに入っているわけで、それをご覧いただければよろしいかと思います。杢太郎がいかに知友の来信を大切にしていたかがよくわかります。

図書では、杢太郎本人の著書はほとんど揃っており、文芸関係では、『和泉屋染物店』『南蛮寺門前』『唐草表紙』『食後の唄』『地下一尺集』『大同石仏寺』『えすぱにや・ぽるつがる記』『木下杢太郎詩集』などの初版本をはじめ、『穀倉』（「現代名作集」16）『空地裏の殺人』などの珍しいものもあります。また知友の著書でも、石川啄木『一握の砂』、北原白秋『邪宗門』『おもひで』『東京景物詩及其他』『桐の花』、吉井勇『酒ほがひ』、齋藤茂吉『赤光』など一級の詩歌集があり、それぞれに献詞などが記されていて、その交友を偲ばせるものです。

当然その他の、文学を問わず美術をはじめとする芸術関係、さらに勿論、医学関係書はもとより、歴史、思想、宗教（切支丹関係、仏教関係）、書誌その他幅広く、洋書も医学書のほかにドイツ、フランスを中心とする文学書も多くあります。独語ではハイネマン版の『ゲーテ全集』のほかに、ハウプトマン、シュニッツラー、ホーフマンスタール、リルケ、カロッサ等や独語訳版のイプセン、トルストイ、ツルゲーネフ等の北欧、ロシアの作家。また仏語版ではアナトール・フランスやモーリヤックが多く、「意外なのは、杢太郎があまり面白くないと言っていたデュアメルのものが二十数冊もあることである」と、寄贈された直後に資料を見た富士川英郎氏は驚いています。雑誌には勿論、二号で終わった有名な「屋上庭園」や舞台とした「スバル」「方寸」「朱欒《ザンボア》」もあります。

ここで参考までに、『木下杢太郎文庫目録』刊行に寄せて書かれた、新田義之氏の文章（「尽きない興味」館報二一号・昭和六三年）を引用させていただきます。

「彼は関東大震災の頃ヨーロッパに留学中で、東京に残した蔵書は焼失したが、伊東や神戸に分散して保管したものもあって、それらは保存されたと思われる。その後何度かの移転引越しの折に失われたものはあったにせよ、第二次大戦の際に本郷西片町の住居が戦禍をまぬがれたので、同世代の人たちの内では、よく蔵書を残した人だと言うことができるであろう。また、自分の書いたノート・日記・メモ・原稿・下書などを丹念に保存し、他人から贈られた論文の抜刷なども、決して捨てたり処分したりしなかったようである」

「この目録は、読み物としても大変面白い。また読み手の興味と識見によって、如何ようにも読めるものである。視点を渡欧前に限ってみても、例えばロシヤ文学は言うに及ばず、英文学や仏文学でさえドイツ語訳で読んでいたことや、ドイツ文学ではホフマンスタール、美術書ではマイヤー＝グレーフェを多く読み、ドラマではヴァーグナーとイプセンに特別の興味を持っていたこと、などに気づく。またしきりにベデカーの旅行案内書（ドイツ・イタリア・ギリシャ等）を買っている。これらを日記や作品と合わせて読み比べるだけでも、色々のことがわかって来るであろう」

「さらに、自筆の原稿や杢太郎宛書簡等の中には未だ活字になっていないものが沢山ある。ノート類は言うに及ばない。例えば明治四十年の新詩社の九州旅行に先だち東大図書館でキリシタン関係の文献を調べた記録などは、大変貴重なものである」

目録をたどり、文庫の資料の中に分け入って利用されることを慫慂されているところで、「先人の精神生活の豊かさがより正しくより深く把握されて、私達のこれからの歩みの中に生かされて行くことを期待している」と結ばれています。以て瞑すべしです。

因みに「文庫目録」のことで触れますと、新田氏の言われているように、まだ活字になっていないものがあるわけですが、例えば目録で原稿は年代順に配列するのですが、その年代が特定できず、松屋製とか文房堂製とか、使っていた原稿用紙をもとに、日記などの記述と照合して、執筆年次を推定した、というような担当者の苦労があったようです。

＊第二期分の寄贈資料

次に、一九九八（平成一〇）年に寄贈を受けた第二期の資料について報告します。

一九九六年にも追加として書軸四点、蔵書六九冊などの寄贈がありましたが、第一期のあとの追加寄贈も含めてということです。これはまだ目下整理進行中で、一～二年後にならないと利用に供するところまで行きませんが、凡そ次のような内容です。

総点数は二九三三点。何といっても植物図譜「百花譜」八七二点を中心とした絵画九五九枚が圧巻と言えます。「百花譜」以外では、「百花譜」と同じ用紙に描かれた虫の画三五枚、諸種二一枚、その他六枚。またそれ以外の書画が一一五七点あり、内訳は色紙二八四点、短冊四四点、紙本七一六点、ほかにスケッチブック一一三点です。刊行された『百花譜』（岩波書店）や『木下杢太郎画集』（用美社）に採録されて、この木下杢太郎記念館で見ることのできる絵も多いのですが、もちろんそれだけには限りません。

「屋上庭園」の挿絵原画や『蕨後集』『地下一尺集』『雪櫨集』など自著の装幀画やその原案画はもとより、他の作家、例えば谷崎潤一郎『青春物語』の装幀原画などもあります。自画像も色々あります。また、中国・大同石仏寺仏像、壁画、風景画ほか、中国朝鮮関係の画、奈良の仏像の画、欧米やタイなどの紀行画、日本画、さらには北原白秋などの似顔スケッチ等きわめて多彩です。杢太郎が中心の一人であった明治末の〈パンの会〉関係の詩歌や絵が描かれた小振りなスケッチ帳も数冊あり、パン（牧神像）も描かれています。

まだ私も全貌を仔細に見たわけではありませんが、整理を担当している職員からのリストを見ると、伊東の風景を描いたものもいくつかあります。『目で見る木下杢太郎の生涯』（昭和五六年、木下杢太郎記念館編）にカラーで掲載されている「湯川海岸」「宇佐美初津の山」もあります。すでに画集その他で目にしているものもありますが、沢山のスケッチブックも含めて、まだ未見のものもあるのではないでしょうか。

またこのほか、手帳五五冊、ノート一五冊など自筆資料八四点、「日本遣欧使者記」など原稿一三点、さらにまた書簡二九八通もあります。書簡の中には、知友からの書簡だけでなく、杢太郎から家族に宛てた書簡など、本人の手紙も六六通含まれていますので、これなどもご家族の配慮で今まで保存されていたものと思われます。

ほかに、写真が一六二点、遺品類が二六点、地図や印刷物、図書・雑誌など合わせて二三四点というのが内訳です。その他のところを見ると、残された資料は洗いざらいもたらされた、という印象があります。太田家としても徹底的に整理したという思いでしょうか。資料の保存状態もよく、また自家で丁寧に整理した形で寄贈されたのも印象深いことでした。「娘を嫁にやるような気持」という、所蔵者、寄贈者の思いがひしひしと伝わって参ります。

神奈川近代文学館では、この寄贈を記念することも兼ねて、「百花譜」八〇点を中心に、小規模ながら、文庫を紹介する収蔵コレクション展「木下杢太郎文庫」を開催しました。一昨年一一月から昨年一月にかけてです。いずれまた、全体を見渡せる展示もやられるでしょうが、ひとまずは資料を研究者の方々によく利用、研究していただくことも大切です。また、木下杢太郎記念館では機会に応じて、皆さんに見ていただくことを考えられて、展示に利用されることも必要かと思います。

以上ざっとではありますが、木下杢太郎文庫の概要をご紹介しました。言うまでもなく、この膨大な資料は、日本の文学者の一括コレクションとしては有数のもので、国民共通の財産として、文化遺産として、後世に伝えられていくべき大切な資料であります。

③文化遺産の継承・保存と利用

神奈川近代文学館には、現在（二〇〇二年）三四の文庫とそれに相当するほどのまとまったコレクションを含めて、約八五万点（特別資料は約一〇万点）ほどの所蔵資料があります。児童文学に力を入れることをうたっていたために、藤田圭雄文庫、滑川道夫文庫、那須辰造文庫、鈴木三重吉・赤い鳥文庫、関英雄文庫など児童文学関係の資料が集まり、大阪国際児童文学館と比肩するほどになりました。地元の尾崎一雄、獅子文六、福本和夫、中里恒子、近藤東、中島敦、立原正秋、寺田透、吉野秀雄等の文庫はもとよりですが、地域としては縁の薄い野間宏の膨大な文庫や、大岡昇平、埴谷雄高、井上靖の文庫など戦後文学作家の資料も集中し始めています。

大岡や井上が世田谷文学館でなく、また中川孝収集実篤文庫が武者小路実篤記念館でなく、いずれも神奈川に寄贈されたのも、先にお話したような下地があったことと関係があります。しかし神奈川近代文学館にあるからといっても、そこの独占物ではありません。前にも触れましたように全国文学館協議会もでき、全国的なネットワークで文化遺産を守り、かつ情報を交換し協力しあえる時代になってきています。

一つ例を挙げますと、木下杢太郎と関係の深い森鷗外の資料のことがあります。森鷗外の資料は過去に東京の文京区に寄贈されて、区立の森鷗外記念本郷図書館に架蔵され、整理されて現在に至っています。遅れて一九九五（平成七）年に、人口七千人の、鷗外の郷里・島根県津和野町に森鷗外記念館が造られオープンしました。敷地二、三七二平方メートル、延べ床面積一、六七八平方メートルで、一一億円をかけたといわれます。森鷗外旧居を望む立派な施設です。注目すべきことは、本郷図書館の主要な資料をレプリカやマイクロフィルムの形で二部製作し、双方で保存、利用に供する努力をしたということで、これによって津和野の森鷗外記念館にもかなり資料が揃ったという点です。資金はかかりますが、こうしたこともできる時代になってきているということを指摘しておきたいと思います。参考になる例ではないでしょうか。

＊

日本近代文学館や神奈川近代文学館に、他の地域のゆかり深い文学者の資料がある程度集中して所蔵されてきたということは、それなりにさまざまな事情があったわけですが、そうした事情を越えて、文化遺産は共通の精神で守られ、次代に継承されていかなければなりません。

こういう経済的に厳しい時代状況ではありますが、それだけになお文化に対する配慮、たとえば国や自治体における行政的支援と民間活力が、あい携えて文化を守り育てなければならないと思います。苦しくなると、文化への援助は不要不急だから削っていくという発想は、これまでもよく行われたことですが、日本の遅れた悪しき意識だと互いに自覚しなければならないと思います。

木下杢太郎記念館を軸にした杢太郎会や伊東市の長い努力、本日のような市民とともに郷土の文化人を讃え、その精神を受け継ぎ、伝えていく事業を根気よく続けられている姿に共感と感動をこめて、概略的ではありましたが、文化遺産の保存と木下杢太郎文庫について話をさせていただきました。

（二〇〇二年十月十三日）

倉 和男さんのこと

伊藤玄二郎
（鎌倉ペンクラブ会長）

兄事する、僕にとって倉和男さんはそんな人だった。

倉さんを駒場の日本近代文学館の時代から存じ上げているが、親しく言葉を交わすようになったのは、神奈川近代文学館の開設準備の頃からである。僕は「文学館」に設けられている視聴覚コーナーに神奈川の作家を紹介する映像制作を担当した。僕も若かった。文学館のスタッフも若かった。よく衝突した。そんな時、倉さんは各々が納得いくように裁いてくれた。

倉さんが親しくして下さったのは、倉さんと師弟関係にあった初代館長の小田切進さんが、僕の出版活動の良き理解者だったことにも理由があるかもしれない。小牧近江の唯一の小説『異国の戦争』を世に送り出したのは、小田切秀雄、進さんご兄弟と倉さんの力によるところが多い。

刊行の打ち上げは〝小牧近江流飲酒術〟だった。大きな盃を最初に手にした者が〝鶴〟と発して酒に口をつけ、次なる者は〝亀〟と言って盃を受ける。杯は〝鶴〟〝亀〟〝鶴〟〝亀〟とリレーで席を一巡する。最後の一干しは〝マツ（末）（松）〟で大団円となる。あの日のトリは確か倉さんだったと記憶している。

鎌倉文学館の開館を少しばかりお手伝いした。準備の段階のある日の会合でスーと一人席から立ち上った小林秀雄さんが「鎌倉は（源）実朝以来文学者はいない」と異を唱え、里見弴先生が「まァ悪いことじゃないからいいじゃないか」とその場を治めたことがあった。文学館の館長が永井龍男さんに落ち着くまでも一悶着あった。そういうたぐいの僕のグチを倉さんはいつも受け止めて下さった。

倉さんとさらに親交が深くなったのは、鎌倉文学館に来られ、第二次鎌倉ペンクラブの再興に力を貸してくれたからである。第二次鎌倉ペンクラブも二十年経った。初代会長の三木卓さんは〝よく持ったね〟と言う。よく持ったのは、もちろん倉和男さんがいたからである。

「文学館縁起」の連載は長らくは鎌倉ペンクラブの会報で愛読されていた。倉さんにこの本を手にしてもらえないのはかえすがえすも残念である。

倉和男略歴

1939（昭和14）年	和歌山県生まれ
1957（昭和32）年	和歌山県立田辺高等学校卒業
1962（昭和38）年	立教大学文学部（日本文学科）卒業 ㈱日本標準テスト研究会退職
1963（昭和38）年9月	財団法人日本近代文学館に勤務（最終役職＝編集室長）
1985（昭和60）年4月	財団法人神奈川文学振興会（＝県立神奈川近代文学館の運営団体）に出向勤務（事業課長）
1988（昭和63）年4月	日本近代文学館を退職、神奈川文学振興会に定着
1991（平成3）年4月	神奈川文学振興会を退職、神奈川県事務吏員（＝県立神奈川近代文学館事務局長）として振興会事務局長を兼務
1994（平成6）年4月	神奈川県県民部参事（団体指導担当・文学館勤務）となる。文学館運営が財団への全面移管になったのに伴う措置＝財団の事務局長のまま
1998（平成10）年3月	県を退職（定年前勧奨退職扱い）、4月から（財）神奈川文学振興会に戻り、理事（常勤）として勤務続行（再就職の形）
1999（平成11）年3月	振興会を定年退職、理事として勤務続行
2003（平成15）年6月	鎌倉ペンクラブ入会（常任幹事）
2004（平成16）年3月	（財）神奈川文学振興会（常勤理事）を退職、4月から同振興会評議員となる（～ 2011年3月）
2005（平成17）年	鎌倉文学館20周年で１年間勤務
2008（平成20）年11月	食道癌の手術を終え、闘病生活に入る
2013（平成25）年1月	鎌倉ペンクラブの会報・第8号より、「文学館縁起―鎌倉の文学者たちによせて」の連載を始める（2020年の第22号まで14回）
2021（令和3）年	3月19日没（82歳）

あとがきにかえて

倉　敦子

今から六〇年ほど前（一九六二年）に、作家や研究者達が起こした日本近代文学館設立運動が始まり、倉和男はこの疾風怒濤の草創期を経験している。設立後の日本近代文学館では、館報の編集や研究資料叢書、雑誌の複刻版、「名著複刻全集」等の製作・出版などの編集者として尽力してきた。

今回、初志を貫いて五〇年前後、神奈川近代文学館や鎌倉文学館など、それぞれの文学館にも関わってきた倉の原稿を一冊にまとめられたことは、五〇年近く連れ添ってきた私にとって、無上の喜びです。各文学館・記念館の方々のご尽力に感謝いたします。

倉を温かく見守って下さった神奈川近代文学館長の辻原登氏、鎌倉ペンクラブ会長の伊藤玄二郎氏、お二人の思いのこもったお原稿に心より感謝申し上げます。

二〇二三年　秋

協　力
日本近代文学館
神奈川近代文学館
大佛次郎記念館
鎌倉文学館
鎌倉ペンクラブ

文学館縁起

著　者　倉　和男
発行者　伊藤玄二郎
発行所　かまくら春秋社
鎌倉市小町二―一四―七
電話〇四六七（二五）二八六四
印　刷　ケイアール

令和五年十二月二十五日　発行

ISBN978-4-7740-0888-2　C0095